文言淺說

文言淺說

瞿蛻園　周紫宜　著

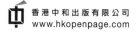
香港中和出版有限公司
www.hkopenpage.com

寫在前面

《文言淺說》是繼《學詩淺說》之後，瞿蛻園（1894—1973）與周紫宜（1908—2000）合著的又一普及讀物，1965年初版於香港，後在台灣有過盜版，而在內地則是50年來首次問世。

雖是普及讀物，卻因所談係文言常識，既要引導閱讀，更要教會寫作，這就需要作者自身具備熟練駕馭文言的能力。這樣的人才現已寥若晨星，故而對於希望掌握文言的讀者來說，本書的出版可謂正當其時。

我青年時代有幸師從蛻老，也見過被鄭逸梅譽為"金閨國士"的周紫宜。當年他們撰寫本書之際，正是我經常登門請益之時。多年來我在回憶文章和相關書序中已不止一次談及蛻老的生平成就，現再從文言角度略作補充。

蛻老原名宣穎，字兌之，晚號蛻園，湖南善化人，是在史學與文學領域卓有建樹的大家。他早歲受業王闓運、王先謙、曾廣鈞等名師門下，很早即能寫典雅的古文和駢文。翻一下我國最早的大學學報《約翰聲》，就能讀到不少時為聖約翰大學學生的蛻老用嫻熟而優美的文言發表的文章。事實上他的前期著作都使用文言。1920 年商務印書館還出過他用文言翻譯的上下冊偵探小說《隅屋》。1925 年，當甲寅派與新文學陣營就文言與白話展開論爭時，他在《甲寅週刊》發表《文體說》，認為"欲求文體之活潑，乃莫善於用文言"。此文充分反映出他對文言的偏愛，當然也因觀點守舊而受到抨擊。他後來也放棄成見，開始使用白話，1934 年出版的《中國駢文概論》便用白話寫成。之後他更發表了大量用流暢白話寫的文章，上世紀 50 年代還曾將多種重要史籍選譯成白話或編譯成白話故事。不過他從未放棄文言，而是兩種文體兼用。在適當場合，譬如在書畫題跋或致友人書簡中他都始終使用文言，即使"文革"受衝擊之後，這習慣也未改變。我至今還保存著他 1967 年給先父的一封文言書信，談的是當時幾位老人彼此間唱和的事。

周紫宜又名鍊霞，別號螺川，江西吉安人，是上海畫院最擅詩詞的畫家。我沒有讀過她的長篇古文，但從詩詞和畫上題跋可以領略她深厚的文言功底。此外，聽女畫家汪大文說，上世紀 60 年代汪和其他幾位青年被上海畫院招為學員。拜師學畫的同時，為提高文學修養，院方又安排周紫宜為他們講授詩詞和《古文觀止》。她告訴我，周曾以《冬日可愛》為題，讓學員們學寫散文。由此看來，本書和《學詩淺說》對周而言，似還具有備課和講義的性質。

由文言高手撰寫，又帶有指導學員的目的，這就使得本書在知識傳授上嚴謹準確，淺顯實用。全書從簡述古文的發展歷程入手，接著講解文言有別於白話的主要特徵，重點說明文言虛詞的用法，然後介紹兩種最流行的古文選本——《古文辭類纂》和《古文觀止》，再進一步指出學習的途徑與要點，最後以文白對照的各種書信為例，為讀者提供具體的範本。這樣的章節安排我以為是很適宜初學者入門的。而在具體講述中，本書的優長也很突出。

首先，因為對歷代古文十分精熟，所以娓娓道來，脈絡甚為清晰，既突出重點，又鳥瞰全局。蛻老出過《古史選譯》、《左傳選譯》，故談古文即從源頭談起，對《尚書》等等一語即能道出其文體特徵。中間插入《詩經》，當然不是誤將詩歌當古文，而是為了告訴讀者，助詞的出現如何改變了文句的語氣與情調。之後各節也都寫得簡練而精闢，重點闡述的是由韓愈、柳宗元開創，以唐宋八大家為代表的古文，同時從實用出發，沒有忘記《世說新語》乃至南宋洪邁、陸游的筆記體，也十分重視晚近以來古文從內容到形式的變遷。這裡，可以順便一提的是，本書所談"文言"，僅限於古文，而不涉及駢文。這是因為，宋明以來古文已被人們普遍接受而成為最通行的文體,另一方面,駢文因涉及對偶聲律而較難入門。其實蜕老對駢文深有研究,也寫得極好。記得當年我讀了他為《春雨集》寫的駢文序,欣羨之餘,曾問他駢文可不可學?他的回答是,不僅可學,而且應當學。為此,他在為我題寫扇面時,特地抄錄一段顧炎武《日知錄》中的話:"韓退之之文起八代之衰,於駢偶聲律之文宜不屑為。而其《滕王閣記》推許王勃所為序,且曰:'竊喜載名其上,詞列三王之次,有榮耀焉。'"意思是,即使是古文領袖韓愈,對於自己的文字能與王勃的駢文《滕王閣序》放在一起,也是感到光榮的。蜕老說,從事寫作的人,多掌握一種筆墨,有甚麼不好?所以我想,諸位讀罷本書,大致學會古文後,倘有興趣涉獵駢文,也不妨加以嘗試,而蜕老的《中國駢文概論》便是很好的讀本。

本書第二部分談古文的文法與用詞。這屬於古代漢語的範疇,但作者寫來並不像某些教科書那樣一板一眼,枯燥乏味,而是輕鬆活潑,如話家常。譬如談到古今動詞的不同用法,就若不經意地以一個普通的"走"字為例,指出現在的"走",在古文中只能說"行",而古文中的"走",則相當於現在的"跑",於是又信手列出馳、騁、驟、奔等同義詞,進而提醒大家,古文中不能說"快慢",而要根據情境用"遲速"或"緩急"來代替。講解虛詞時,也總是通過生動的例證讓讀者領會不同詞彙用法上的細密區分。譬如談疑問助詞"乎"、"哉"的區別，就舉一段《孟子》為例，指出以"乎"字結尾的問句通常是需要對方回答的，而以"哉"字結尾的問句只是一種反詰口氣，並不需要對方回答。由於引文中還有一個疑問詞"與"（即後世常用的"歟"），故又順帶說明，"歟"與"乎"的用法大致相同，只是語氣更委婉或俏皮一點而已。接下來對疑問詞還有種種具體而微的分析，這裡就一一列舉了。

後三部分的行文風格與前文相同，要旨乃是強調多讀多寫。介紹《古文辭類纂》和《古文觀止》，是為了引導讀者多讀優秀的古文。建議大家用文言寫日記，又通過示範讓大家學寫文言信，則是為了提供比較可行的練筆方式。在"學習要點"部分，有幾段關於"用高速度閱讀"的議論，特別讓我感到親切，因為那正是當年蛻老面授我的讀書方法。他認為，初學者趁著年輕，應該養成快讀多讀的習慣，閱讀過程中能理解多少算多少，不必對所有的難點都窮根究底，否則一輩子也讀不了幾本書。而隨著讀書日多，有些先前的難點自會逐漸明白。如果將來從事研究和著述，再將有關書籍重新細讀也不遲，而且現在的快讀多讀也是在為日後的精進打基礎。約在 1960 年前後，蛻老應我所請，曾隨手用毛筆宣紙寫下一份國學入門提綱，主要談的就是讀書問題。他指出，"《四庫全書總目》是一切學問總鑰，必須翻閱"。他從"五經"談到《說文》，兼及書法；又從《史記》、《漢書》談到《資治通鑑》及胡注；又說"稍暇則宜略觀《文選》，方知文章流俗以及修詞使事之法，有可誦讀者，能上口一二篇最好"；然後又談到"子部之書"，談到"詩詞之屬"。而在提綱的最後一段，更明確地以"高速度"相激勵。這份提綱我一直珍藏著，現將末段抄錄如下，作為與讀者諸君的共勉——

　　學問要識門徑，既得門徑，要能博觀約取，以高速度獵取知識，以敏銳眼光把住關鍵，即無往而不利矣。

俞汝捷

二〇一五年三月六日

前言

這部書的意圖是為了幫助初學能夠理解文言的性質、特點、作用，培養閱讀、欣賞的能力，進一步便能在實用上運用文言，而不是局限於一些理論。但總的説來，仍以提供有關的基本知識為主。

因此，全書分五部分，第一是古文的歷史發展，從遠古到近代，顯示一個粗略的輪廓。第二是古文文法的特點，特別就文言與口語的對照，來幫助讀者掌握虛字的用法。第三是通過古文選本的介紹，提供一些關於體裁、風格等等的説明。第四是學習文言的要點。第五是實際運用文言的範例。

第一第二兩部分本來屬於文學史及語法書的範圍，現在只重點地介紹，以期簡明扼要，便於讀者的掌握。

在舉例中，絕大多數取材於通行的《古文辭類纂》及《古文觀止》二書，以期便於尋檢。並此説明。

目錄

一

古文的歷史發展

所謂古文

"古文"兩個字可以有幾種不同的意義。我們現在所說的古文，則是指與現代語體文相對的一切文言文。事實上，在五四以前，幾乎一切正式行用的文章都是用文言寫的，從上古一直到五四前的一個時期，在漫長的年代中，儘管文體經過很大的變化，在今天看來，都算是有別於現代漢語的文體。所以都可加上"古文"的名稱。

當然，用文言寫的不一定都是好文章。但是在舊時代裡，著名作家們所寫的，有不少精湛卓越、不可磨滅的作品，非但可供我們今天的師法、借鑒，而且事實上我們一直受到這些作品的影響，其中有些詞彙、成語、語法以及修辭技巧，都還在日常應用的語文中活生生地繼續使用著，並沒有完全遠離我們，所以值得欣賞、學習，汲取其優點。

作為一個文體來說，古文的名稱起於唐宋。因為當時流行的文體，大部分是追求華靡形式的，語法也不很嚴格。通過幾個先進作家的創導，直接採取了漢以前比較樸素的風格，加以變化，使其條理暢達，簡潔有力，這種文體，名為"古文"。雖然名為古文，實際卻含有革新的意義。由宋到明清，這種古文的影響逐步加深加廣，為文學界所普遍接受，雖然仍舊名為古文，實際已經是比較符合時代要求的文體了。不過當時也還有兩種文體不屬於這個範疇。一是駢體，在美文方面仍然通用，一是制藝，在科舉考試中是必須使用的。所以在那時代，古文別於那兩種而言。

這種從唐宋以後興起的所謂古文，是我們所要學習的主要部分，因而必須有清晰的認識。

上古的文章

不言而喻，上古的文字是非常簡略的。我們所能看到的不過是些記事的文字，只用些實體詞記載事實的概略，動詞形容詞都用得極少，其他介詞連詞都不如後來的多，所以讀起來覺得枯燥質樸，沒有情調。在古器物的銘文上看見的都是這種。從現在的習慣說來，還不能算是文章。然而也已經有了一些特定的表示語氣。例如記事文在開始的時候總是用"惟"字引起下文。又如由此事以至彼事則用"乃"字（古字寫作廼）以表因果關係。又如在頌祝的時候用"其"字表示希望。這些就是文言語法中的助字（虛字）所由來。逐步發展下去，這類的用語多了，於文氣的抑揚轉折，理路的層次脈絡，就大有幫助，因而成為文言文的主要特徵。

　　上古的用字幾乎全不是我們所習慣的。非但我們今天不習慣，司馬遷在西漢時代已經覺得《書經》的文字難於理解，所以不得不用當時通用的字來代替《書經》上的字，試舉一節《書經》和司馬遷《史記》的譯文對照起來看。

　　　　允釐百工，庶績咸熙。帝曰："疇咨若時登庸？"放齊曰："胤子朱啟明。"帝曰："吁！嚚訟可乎？"（《書經·堯典》）

　　　　信飭百官，眾功皆興。堯曰："誰可順此事！"放齊曰："嗣子丹朱開明。"堯曰："吁！頑凶不用。"（《史記·五帝本紀》）

　　從這裡可以看出司馬遷用的字確實距離我們近了一些。然而這不等於說《史記》的文章好過《書經》的文章。相反，《書經》有《書經》的優美風格，司馬遷的翻譯也不免破壞了原有的優點，變得直率無味了。假使司馬遷按照他的自由意志來改寫，必然會好得多。所以知道文章風格是各自獨立的，並不因為時代遠了就貶低價值。

　　至於用字，誠然各時代的習慣不同，然而也正因為一個意思可以用不同的字表達，才使我們的詞彙日益豐富。例如《書經》上的"庶"字和"咸"字，在今天看來，果然不如"眾"字和"皆"字的熟悉，但是"庶"字和"咸"字也並沒有完全僵死，一直還可以替換著使用。所以，由於悠久歷史的積累，新的不斷產生，舊的也存儲備用，文言就提供了充裕的詞彙資源，足以應付多方面的需要。像《書經》這樣簡括肅穆的文風，仍然是唐宋以後古文所追求效法的對象之一，特別在碑銘一類的文章中，更為適宜。

《詩經》

　　在助字使用方面，與《書經》表現相反趨向的，就是《詩經》。在《詩經》裡，可以發見大量而且經常使用的助字。這些助字往往也是後人所不熟悉的。然而不難看出：憑藉這些助字，語氣就非常活潑生動，情調也非常宛轉纏綿。因而大不同於《書經》和上古器物上的銘文了。舉下列的句子為例：

　　　于以採蘋，南澗之濱，于以採藻，于彼行潦。

（《詩經·召南》）

已矣哉；天實為之，謂之何哉。(《詩經·邶風》)

牆有茨，不可埽也。中冓之言，不可道也。所
可道也，言之醜也。(《詩經·鄘風》)

第一例的語氣多麼從容美妙；第二例又多麼沉痛；第
三例又多麼憤激！為甚麼能有這樣細膩的表情，使我們讀
起來恰和聽見作者親口念出來一樣呢？完全是由於助字的
大量使用。這些助字多半屬於"聲態詞"的性質，在當時
本來就是按口語寫出的，口中發出怎樣的聲音，筆底下就
寫出怎樣的字，這樣自然活潑而宛轉了。到了後來，口語
的語法上起了些變化，習慣就愈離愈遠，有些助字的用法
就完全不同了，譬如在第一例中，句子開始用"于"字，
這在現代國語中簡直沒有相當的字可以代替，因而很難體
會其語氣。至於第二第三例中的"矣"、"哉"、"也"等字，
用法還和現代國語中的某些字相當，所以我們讀起來還親
切有味。

唐宋以後古文的特點就是適當運用這些助字，把它們
容納在語法規範之中。其結果就能使文言與口語保持著不
太遠的距離。

《論語》

文言文中的助字，到了孔子時代記錄下來的議論和記事文章，才充分發揮了作用，現從傳誦最廣的《論語》，舉下列一段為例：

長沮、桀溺耦而耕，孔子過之，使子路問津焉。長沮曰：“夫執輿者為誰？”子路曰：“為孔丘。”曰：“是魯孔丘與（歟）？”曰：“是也。”曰：“是知津矣。”問於桀溺，桀溺曰：“子為誰？”曰：“為仲由。”曰：“是魯孔丘之徒與？”對曰：“然。”曰：“滔滔者，天下皆是也。而誰以易之？且而與其從辟（避）人之士也，豈若從辟世之士哉？”耰而不輟。子路行以告。夫子憮然曰：“鳥獸不可以同群，吾非斯人之徒與而誰與？天下有道，吾不與易也。”（《微子》）

這段的原意大略如下：長沮桀溺兩人合夥耕田，孔子走過這裡，派子路向他們探聽一下過河的渡口。長沮說：那位趕著車的是誰啊？子路說：是孔丘。長沮說：是魯國的孔丘嗎？子路說：是。長沮說：那他一定知道渡口在甚麼地方了。子路又去問桀溺，桀溺說：你是甚麼人？子路說：我名叫仲由。桀溺說：是魯國的孔丘的門徒嗎？子路說：是的。桀溺說：天下滔滔都是一樣的，換來換去還不是這樣？並且與其跟那避人之人在一起，何不跟避世的人在一起呢？說罷還是不停地鋤地。子路把這話走去回報孔子，夫子甚為感動說：鳥獸是沒有法子合夥的，不同這班人一起，又同誰一起呢？即使天下太平了，還是要讓他們獨行其是的。

　　試看這段敘事，層次分明，交代清楚，固不必說。在問津之下用一個"焉"字，在執輿之上用一個"夫"字，這都本不是必須用的字，但用了以後，就使人感覺前者顯出停頓的語氣，而後者顯出提起的語氣，在行文之中發揮著修飾的作用。孔子答話的時候，用慨然二字形容被感動的神情，這又是文言中的特點，善於使用簡練的語言表達複雜的情感。

　　再看一段孔子的議論文章：

　　　　季氏將伐顓臾，冉有季路見於孔子，曰："季氏將有事於顓臾。"孔子曰："求！無乃爾是過與！夫顓臾，昔者先王以為東蒙主，且在邦域之中矣，是社稷之臣也。何以伐為？"冉有曰："夫子欲之，

吾二臣者皆不欲也。"孔子曰:"求!周任有言曰:
陳力就列,不能者止。危而不持,顛而不扶,則將
焉用彼相矣?且爾言過矣。虎兕出於柙,龜玉毀於
櫝中,是誰之過與?"冉有曰:"今夫顓臾,固而
近於費,今不取,後世必為子孫憂。"孔子曰:
"求!君子疾夫舍曰欲之而必為之辭。丘也聞有國
有家者,不患寡而患不均,不患貧而患不安。蓋均
無貧,和無寡,安無傾。夫如是,故遠人不服,
則修文德以來之,既來之,則安之。今由與求也相
夫子,遠人不服而不能來也,邦分崩離析而不能守
也。而謀動干戈於邦內,吾恐季孫之憂不在顓臾,
而在蕭牆之內也。(《季氏》)

這樣文義顯露,娓娓動聽的文章,只在《論語》中初
次遇見,在以前是不會有的。《論語》的文章所以不同於
以前的文章,主要是廣泛使用的句首的助字,如"今"、
"夫"、"今夫",以及句尾的助字,如"與"、"矣"、"也"。
一篇之中,反覆數次地出現。這樣一來,表達講道理、論
是非的語氣就更為有說服力了。比前面所舉的一例,又進
了一步了。

孔子在聽到將伐顓臾的消息時,就說:"求啊!這件事

只怕做得不對吧！講到顓臾，當初的天子原是叫他坐鎮蒙山地區的，而且已經畫在我國領土之內的了。它就是忠於我們國家的臣子啊！為甚麼要去伐他呢？”冉有自己辯解說：“他老先生要這樣辦，其實我們兩個在他手下本不贊成的。”於是孔子說：“求啊！上古周任有句話說：‘各人按照各人的能力走上自己的崗位，如果沒有能力就應當退下來。’假使看到危險不能去支持，倒下地來不能去扶起，那又何必要甚麼輔佐的人呢。而且你這話也說錯了，如果養的野獸跑出籠子來，貴重的寶物在匣子裡受到損壞，試問是誰的過失呢？”冉有又說，“論起顓臾這個地方，是個險要所在，而又離費邑太近，不把它拿過來，必然會替後世子孫留下禍害的。”孔子說：“求啊！君子所恨的，就是不說自己想這樣罷了，偏要找出理由來強辯。按照我的意見，無論當國當家，所怕的並不是缺乏而是不均勻，並不是貧窮而是不安定。因為均勻就無所謂貧窮，和諧就不至於缺乏，安定就不至於危險。既然是這樣，那末，遠方的人有不服的，可以採用和平的方法，引導他們來，來了就要使他們安定。現在呢，由與求，你們兩人輔佐他老先生，遠方的人不服，並不能夠把他們引導來，國內分裂破散，也不能夠保持完整。倒要打算在自己國內使用武力，我恐怕季孫擔憂的不是顓臾的事，而是自己家門內的事啊！”

　　兩下對照，就知道句首的助字幫助"起、承、轉、合"而句尾的助字幫助語氣的抑揚頓挫，這就是文言的特徵。在《論語》中表現得最為顯著，也最為明確。

《孟子》

　　到了孟子的時代，繼承了《論語》的文法，又進一步增加了一些推論的詞句，由簡而趨向於繁。剛好有一段也是討論冉求的議論文章，可以聯繫起來看：

> 孟子曰：求也為季氏宰，無能改於其德，而賦粟倍他日。孔子曰：求非我徒也，小子鳴鼓而攻之可也。由此觀之，君不行仁政而富之，皆棄於孔子者也。況於為之強戰？爭地以戰，殺人盈野，爭城以戰，殺人盈城。此所謂率土地而食人肉，罪不容於死。故善戰者服上刑，連諸侯者次之，辟（闢）草萊任土地者次之。（《離婁》）

　　按照孟子的口氣，就是：冉求這人作季氏的家臣，一點也沒有改善季氏的行為，只是把賦稅增加得超出以前一倍。孔子說過："冉求不是我們的同道，你們這些後生小子簡直不妨大張旗鼓攻擊他。"照這樣看來，為君的不行仁政，倒替他想法子弄錢，這種人都是孔子所要唾棄的。何況還要替他進行橫蠻的戰爭呢？為了爭奪一塊地方而戰爭，就會殺死遍地的人，為了爭奪一處城池而戰爭，就會殺死滿城的人。就是這樣為了追求領土而吃人肉，雖死也抵不了所犯的這種大罪。所以會打仗的，應該處以最嚴厲的刑罰，聯合各國結盟的，次一等，開闢土地（為了備戰）的，又次一等。

孟子這篇文章用了"由此觀之"、"況於"、"此所謂"等等推論語氣的短語或字句，表達了更加複雜細緻的意思，因而增加了文章的矯健。

孟子又特別善於變換使用句尾的助字來增加文章的生動活潑，例如：

萬章問曰："或曰，百里奚自鬻於秦養牲者五羊之皮，食牛以要秦繆（穆）公，信乎？"孟子曰："否，不然。好事者為之也。百里奚，虞人也。晉人以垂棘之璧與屈產之乘，假道於虞以伐虢。宮之奇諫，百里奚不諫。知虞公之不可諫而去之秦，年已七十矣。曾不知以食牛干繆公之為汙也，可謂智乎？不可諫而不諫可謂不智乎？知虞公之將亡而先

去之，不可謂不智也，時舉於秦，知繆公之可與有
行也而相之，可謂不智乎？相秦而顯其君於天下，
可傳於後世，不賢而能之乎？自鬻以成其君，鄉黨
自好者不為，而謂賢者為之乎？"（《萬章》）

　　按照現代語的口氣就是：萬章問："有人說：百里奚以
五張羊皮的代價把自己賣給秦國養牲口的人作奴隸，為的
是藉著餵牛向秦穆公謀求錄用，真有這事嗎？"孟子說：
"沒有，不對。這是喜歡造謠的人造出來的。百里奚原是虞
國人。晉國拿出寶玉和名馬向虞國請求通過虞國的國境出
攻虢國。宮之奇勸阻虞君不要答應晉國的請求，百里奚卻
不去勸阻。他是知道虞君不聽勸說的，因而離開虞國去到
秦國，年紀已經七十歲了。難道連用餵牛來干求秦穆公是
件卑污的事都不懂得，這能算得明智？明知無法勸就不
去勸，這能不說他是明智嗎？知道虞君要亡國，先就離開
到秦國去，這不能不說他明智啊！到了適當的時機，在秦
國活躍起來，知道秦穆公是個可以合作而能成功的人，就
去輔佐他，這能不說他是明智嗎？輔佐他以後果然使他的
君主顯名天下，傳於後世，不是個賢人，能夠這樣嗎？若
是為了成就他的君主而出賣自己作奴隸，鄉里中但知潔身
自好的人都不肯這樣幹，你說一個賢人肯幹嗎？"

　　凡是遇到反覆深入分析問題的時候，這種文法是非常合適的。

　　同時還要注意：現代語有必須加字方能清楚的地方，文言是可以簡省些的。然而是文法上的簡省，不是修辭上的簡省。在整個結構上只要發揮透徹，話雖多並不嫌多。這也是孟子文章風格的特點。當時的人就說孟子好辯，果然他是辯論的好手。

　　孟子本來是戰國時代諸子之一，戰國時代的諸子各有獨特的文風，其中如莊子，尤其對後世的文學，有著深切的影響。但是還遠不如孟子影響之大。因為他是儒家的正統派，直接繼承孔子，很久以來就把他當作經書讀，所以《孟子》和《論語》的文法已經成為一般文言文法的基礎。

《左傳》和《史記》

　　《左傳》的時代差不多也就是孔子的時代，但是因為是史書，不妨把它和以後的《史記》結合起來看。

　　《左傳》的文章包含敘事、記言、議論三種。先舉記言的一種，以見一斑。

　　鄭伯使許大夫百里奉許叔以居許東偏，曰："天禍許國，鬼神實不逞於許君，而假手於我寡人。寡人唯是一二父兄，不能共（供）億，其敢以許自為功乎？寡人有弟，不能和協，而使糊其口於四方，其況能久有許乎？吾子其奉許叔以撫柔此民也。吾將使獲也佐吾子。若寡人得沒於地，天其以禮悔禍於許，無寧茲許公復奉其社稷，唯我鄭國之有請謁焉，如舊昏（婚）媾，其能降以相從也。無滋他族，實偪處此，以與我鄭國爭此土也。吾子孫其覆亡之不暇，而況能禋祀許乎？寡人之使吾子處此，不唯許國之為，亦聊以固吾圉也。"

這是鄭莊公在打敗了許國，佔領了它，又建立一個新政權，由許國大夫百里負責，由許君的兄弟許叔作名義上的君主，把許國東邊一部分地方劃給他以後，對這新政權發表的一篇談話。大意說："許國這次遭到的災難，實在是因為許君得罪了鬼神，鬼神差我來懲罰你們許國的。其實我連自己的幾個親骨肉還不能供養，哪裡敢以戰勝了許國誇功呢？我的兄弟都不能和睦相處，以至於流亡在外，還能夠長久佔有許國嗎？還是你來擁戴許叔安撫這許國的人吧！我要派我的將軍公孫獲來協助你的。一旦我死了，也許天還會保佑許國，仍舊讓許君來恢復統治，到那時候，我們鄭國還可以同你們像親戚一般往來，希望你們不會拒絕呀！只不要讓其他的國家侵佔，來同鄭國相爭奪，那就好了。果真那樣，我的子孫只怕要自己亡國了，還能夠佔領許國嗎？我把你安頓在這裡，不但是幫你們許國，也是為了鞏固自己的邊境啊！"

這樣漂亮的詞令，在《左傳》中表達得生動極了。《左傳》與《公羊傳》、《穀梁傳》都是替《春秋》作補充説明的，只有《左傳》的文采是這樣豐富，而《公羊》、《穀梁》（時代稍後）則比較簡樸，儘管它們也有它們的優點。

《左傳》的敘事和它的記言其實是分不開的，它的敘事所以能生動，也是由於中間夾著對話。運用對話來烘托事實，所以不是單純的流水賬形式，與議論也是分不開的，一方面就藉別人的話表示意見，一方面還在必要時附加自己的意見。這樣的做法，為後來的《史記》及《通鑒》所採用。因而都成為歷史文學的綜合體。

就文法來説，似乎比《論語》、《孟子》使用的助字還要多些，例如："其敢以"、"其況能"、"無寧茲"，兩個字不夠，還要加成三個字，這樣就更增加語氣的委婉，多種多樣的情調都能表達出來。

另外一點值得注意：《左傳》用的複合詞也增多了。例如：共（供）億、撫柔、覆亡，都是《論語》、《孟子》所不常見的，卻與現代的語言習慣進一步接近。複合詞的大量使用，説明人的思想是日趨繁雜的，而正確表達思想的要求也日益提高。

從《左傳》的文法也可以看出它在後世所起的重大影響。

《史記》的文章體制不同於《左傳》，這自然是各有特點，也是由於語言在時代中的變化，有些字有了新的用法。試舉一例：

> （郭）解姊子負解之勢，與人飲，使之釂，非其任，彊（強）必灌之，人怒，拔刀刺殺解姊子，亡去。解姊怒曰："以翁伯（郭解的別號）之義，人殺吾子，賊不得！"棄其屍於道，弗葬，欲以辱解。解使人微知賊處，賊窘自歸，且以實告解。解曰："公殺之固當，吾兒不直。"遂去其賊，罪其姊子，乃收而葬之。諸公聞之，皆多解之義，益附焉。（《遊俠傳》）

這段記載描寫郭解為人之公正講理，只是把事實寫下來，在人物的刻劃上就具有極強烈的感染力。大意説：郭解的外甥倚仗舅舅的勢力，同人家喝酒的時候，強迫人家乾杯，那人酒量不濟，一定要勉強灌他。那人一時性起，拔出刀來把郭解的外甥殺死了，自己逃走。郭解的姊姊氣了，說："像兄弟這樣一生俠義的人，有人殺死我的兒子，兇手都不能替我抓到。"於是讓屍身拋在路上，不去埋葬，要丟郭解的臉。郭解派人暗訪，查出了兇手逃匿的地方。兇手沒有法子，只得出來承認，把實在情形告訴了郭解。郭解說："你殺死他沒有錯，是我這孩子不對。"就把兇手放走，罪名加在他外甥頭上，收起屍來葬了。一班人聽見這事，都稱讚郭解的正直，因此越來越擁護他。

原文是一百十字，寫成現代語，就差不多要二百字，可見《史記》的文章，一般說來是勁健的。它善於用勁健的筆鋒表達緊張激動的神情，像這段當中郭解的姐姐生氣的那幾句話，句首句尾都不用助字，愈生硬愈覺得逼真。

在這段中所用的形容詞如"當"字作恰當、正當、適當，所用的動詞如"多"字作重視、讚許解，都是新的用法，有的今天還繼續採用，有的已經只在古文中發現，而現代語則必須另用其他字替代了。《史記》中包含的辭彙是非常豐富的。

兩漢的文章

從《史記》和《漢書》裡可以發現成篇的文章，其中有論說，有奏議，有書札，有賦和雜文，這種成篇的文章，才是我們所謂古文的主要部分。一般古文選本是從這裡開始的。像上面所提到的那些，多半作為專書處理，而不作為古文的文章，不過古文的來源離不開那些罷了。

西漢的文章，大體上繼承經書和子書的傳統，有時大量採用經書的成語，發揮書中的理論，有的採用子書中寓言、譬喻的方法，承襲和模仿的痕跡是很顯明的。其特點是文氣寬博，如同高山大河，有縱橫起伏、浩蕩雄深的氣勢。在司馬遷《報任安書》中可以體會到這樣的文氣。

　　夫僕與李陵俱居門下（宮門下），素非相善也，趣捨異路（各走不同的路），未嘗銜杯酒、接殷勤之歡。然僕觀其為人，自奇士（自然是個奇士），事親孝，與士信（對部下守信用），臨財廉，取與義（自取及與人都合道理），分別有讓，恭儉下人（謙卑），常思奮不顧身，以殉國家之急。其素所蓄積也（平日的抱負），僕以為有國士之風。夫人臣出萬死不顧一生之計，赴公家之難，斯已奇矣。今舉事一不當，而全軀保妻子之臣隨而媒蘗其短（說他的壞話），僕誠私心痛之。且李陵提步卒不滿五千，深踐戎馬之地，足歷王庭（匈奴政府所在），垂餌虎口，橫挑強胡，仰（對）億萬之師，與單于連戰十餘日，所殺過當（所殺的超過被殺的）。虜（敵）救死扶傷不給（不暇），旃裘（匈奴服裝）之君長咸震怖，乃悉徵其左右賢王（匈奴貴族的稱號），舉引弓之民（能射箭的人）一國共攻而圍之，轉鬥千進，矢盡道窮，救兵不至，士兵死傷如積。然李陵一呼勞軍，士無不起，躬自流涕，沫血飲泣，張空弮（沒有箭的弓弩），冒白刃，北首爭死敵。……

　　這與上面所舉《史記·遊俠傳》的一段，風格絕不相同。前者精練簡括，後者有自己的感情在內，含著極端的悲傷憤慨，一口氣淋漓吐出，不假修飾。就因為隨口而出，不假修飾，才是真的，而不是有意做出來的，西漢的文章大概都是這樣。

　　到了西漢的末期，文風就稍為變得整齊，不經過修飾不行了。《漢書·匡衡傳》載有他的一篇奏議，其中兩句是："情慾之感無介乎容儀，宴私之意不形乎動靜。"這樣整齊的句法，字面和音調都恰恰勻稱相配，如果單抽出來看，簡直不像是漢代的文章，倒像六朝的駢文，這就是由散變駢的預兆。到了東漢，就減少西漢那種雄直的氣勢而趨向於精深細緻一路了。試引崔實的《政論》一段為例：

> 夫熊經鳥伸，雖延歷之術，非傷寒之理。呼吸吐納，雖度紀之道，非續骨之膏。（意思說：體操和氣功雖能延年益壽，但不能靠它來醫傷寒、治骨傷）蓋為國之法，有似理身，平則致養，疾則攻焉。夫刑罰者，治亂之藥石也，德教者，興平之粱肉也。夫以德教除殘，是以粱肉理疾也，以罰理平，是以藥石供養也。（《後漢書·崔實傳》）

東漢人發現了這樣的做法，可以把道理講得更清楚，更能深入人心。於是在單行的形式以外，又添了一種排偶的形式，以後逐漸發展，就成為所謂駢文。

當然，事實上不可能所有的文章都用排偶的形式，所以東漢到魏晉的文章往往是整散兼行的，例如人人愛讀的諸葛亮《出師表》中有一段：

> 親賢臣，遠小人，此先漢所以興隆也；親小

人，遠賢士，此後漢所以傾頹也。先帝在時，每
與臣論此事，未嘗不歎息痛恨於桓靈也。侍中尚
書、長史參軍，此悉貞亮死節之臣也。願陛下親之
信之，則漢室之隆可計日而待也。臣本布衣，躬耕
於南陽，苟全性命於亂世，不求聞達於諸侯。先帝
不以臣卑鄙，猥自枉屈，三顧臣於草廬之中，咨臣
以當世之事。由是感激，遂許先帝以驅馳，後值傾
覆，受任於敗軍之際，奉命於危難之間！爾來（自
此以來）二十有一年矣。

這就是整散兼行的範例。這種文章給人以沉靜平實的
感覺，又換了一種境界。

六朝人的“文”與“筆”

魏晉以後直到唐初，駢文佔了優勢，古代質樸的文風
變得愈來愈華靡了。著名的文學理論專書——《文心雕龍》
就是用駢體寫的。但是六朝人仍然行用兩種文體，駢體名
為“文”，而散行的名為“筆”。在筆的方面，他們使用了
當時的口語，與傳統的文言文法融合起來，因此產生了一
定的新鮮感。舉《世說》一則為例：

　　晉明帝數歲，坐元帝膝上，有人從長安來。元
帝問洛下消息，潛然流涕。明帝問何以致泣。具以
東渡（南渡）意告之，因問明帝：“汝謂長安何如
日遠。”答曰：“日遠。不聞人從日邊來，居然可
知。”元帝異之。明日，集群臣宴會，告以此意。
更重問之，乃答曰：“日近。”帝失色曰：“爾何故
異昨日之言邪（耶）？”答曰：“舉目見日，不見
長安。”

　　這裡“有人從長安來”的六個字和今天的口語簡直沒
有區別，但在漢以前，“從”字一定不用而用“自”字。可
見文言與口語同時在變化中。而六朝時期的變化與我們今
天的關係最深。例如現在口語中“這個”、“那個”、“的”、
“他”等字都是從那時期繼承而來的，不過有的字寫法不同
罷了。這説明文言與口語是有接近的趨向的，當然，也有
些詞彙現在不再行用，因而不易了解。

　　像《世説》這樣的文風，有很顯著的特點，就是平平
淡淡，不費氣力，不裝腔作勢。上例一段中，句頭句尾也
都不用助字，只在末後一個問句用一個“耶”字，表示這
是當失望的時候用遲疑的口氣説的。少用助字，也能使語
意十分清楚，讀起來使人感覺沉靜，這是《世説》的特長。

　　與《世說》方向稍為不同的是《水經注》，《世說》不是沒有詞藻，而是詞藻淡素，《水經注》則較為明秀。《世說》的故事性強，所形成的典故和成語已經為後世所普遍採用，膾炙人口；《水經注》則以描繪自然景物為專長，後人作遊記一類的文章很能從其中得到啟發。舉例如下：

　　　自三峽七百里中，兩岸連山，略無闕處。重岩疊嶂，隱天蔽日，自非停午夜分，不見曦（日）月，至於夏水襄（上）陵，沿泝阻絕，或王命急宣，有時朝發白帝，暮到江陵，其間千二百里，雖乘奔御風，不以（更）疾也。春冬之時，則素湍涤潭，回清倒影，絕巘多生怪柏，懸泉瀑布，飛漱其間，清榮峻茂，良多趣味。每至晴初霜旦，林寒澗肅，常有高猿長嘯，屬引淒異，空谷傳響，哀轉久絕。故漁者歌曰：巴東三峽巫峽長，猿鳴三聲淚沾裳。

　　注意其詞藻之豐富華美，造句之整齊精煉，這樣的題材與這樣的風格確是配合適當的。以前的古書中雖然也不是沒有片段文章與此類似，但總還沒有充分發展過。漢賦中描繪自然景物的也不少，但偏於用濃厚的渲染來表達，不像《水經注》手法之空靈輕秀。這對於後世寫景抒情的

文章起重大影響，唐宋古文中記序一類，儘管並不襲取其
外表形式，實際上是一脈相承的。

　　到了六朝末期，特別在南方文壇上起了一種惹人厭薄
的風氣，無論甚麼文章都不免塗上一層豔麗的色采，三言
兩語總離不了風雲月露和婦女容飾的描繪。當然在這時期
中也有優秀的作品，不過一般的作品只有外表而無內容，
到後來就連外表也不新鮮了。於是在北周有蘇綽等人創導
復古運動，企圖把文體扭轉到秦漢以上，在當時也是對駢
文濫調必然的反感，但單純的復古究竟是行不通的。只是
曇花一現就偃旗息鼓了，以後的二百多年仍舊是駢文盛行
的時代。

元和古文運動

　　唐代的中期，漸漸有人將呆板的駢文變得靈活一些，
但是不能完全脫離駢文的氣息。只在元和時代（第九世紀
的開頭），韓愈、柳宗元、劉禹錫等人重新提出改變文體
的主張，白居易、元稹也以新的文體試行應用在朝廷的詔
敕上，風氣才為之一變。韓愈尤其是大力的倡導者，他有
他的鮮明具體主張，一貫不移地將他的主張貫徹在他的作
品中。他的主張可以歸納為主要的兩點：一是以文章為手

段達到重整儒家道統的目的，同時又藉著“衛道”的旗幟來宣揚他的文章。二是不在形式上回復古文的面目，卻採取古文文法與當時習慣相結合的辦法來找出一種易於遵守的規律。按照他自己的話，前者就是所謂“文以載道”，後者就是所謂“文從字順”。這兩種主張，都是適合當時的要求而注定能成功的，因為重整儒家道統是堂堂正正的旗鼓，為統治者及中上層知識分子所一致贊同，而在文風委靡、語法混亂的環境中形成一種整齊畫一的格式，也是大眾所歡迎的。

　　韓愈的確領導了這一運動而成功。他的文章吸收了以往各種文章的優點，推陳出新，變化無窮。特別是吸收了《孟子》、《左傳》，以及西漢人文章的特點，所以氣勢雄俊而流暢，詞句脫棄庸俗而又不流於艱澀。他又把漢以前可以採用的文法都採用了，不適用的就絕不混用，實際上他自己的文章就是文法的範例。按照韓文的文法作出來的句子是不會不通的，違反他的用法就會格格不入。他有承先啟後之功。他以前的經書、子書、史書，凡與他的文章格式相合的，後人讀起來都比較容易懂，他的文章所不用的那些不規則的格式，就都因後人不熟悉而成為過去了。在他以後所有的文言文，可以說都是以他所採用的文法為基礎的。

　　韓愈對後世文壇的影響非常深遠，然而在他的生前並不如在他的身後。他的著名作品之一《平淮西碑》是一篇極古雅的文章，讚許的人雖也不少，但是被人攻擊了以後，皇帝另外派段文昌改作一篇，依然是用駢體作的。可見他在當時，究竟還是敵不過相沿已久的駢文勢力。過了二百年之久，北宋初年又出現一些講古文的人，最後經歐陽修的大力提倡，韓愈的優勢地位才確定下來，他這種古文才被公認為正宗的文體。從此以後，古文的形式就再沒有大的變革了。

　　與韓愈同時以古文著名的柳宗元，雖然主張與韓愈沒有顯著的不同，卻仍然走著不同的路徑，在作品上，也表現了不同的面貌。柳不像韓那樣裝腔作勢，開口閉口總是一套空洞的大道理。他的思想深湛，不經鞭闢入裡的話是不形於筆墨的。韓從《孟子》入手的成份多，而柳在先秦諸子中近於名家法家，又吸收了佛經的精華，表現高度的邏輯性。韓以廣大見長，柳以精微見長。他們兩人彼此都有自知之明，也不強求一致。但有一點是兩人共同的，文法都非常嚴格。而柳在用字上更加精審。

　　以韓柳為首，加上北宋的歐陽修、王安石、蘇洵、蘇軾、蘇轍、曾鞏，稱為唐宋八大家。這就成為一千年來所謂古文的中心人物。除韓柳已經說明以外，其餘六人當

然都是擁護韓的，不過文章風格仍然各有不同。王安石稍
微傾向於柳，三蘇則近於韓的成份多些，歐曾二人雖然學
韓，卻沒有韓從西漢人得來的那種雄直之氣，所追求的是
姿態上的清微淡遠。

唐宋八大家這個名稱從明末的歸有光開始，大肆標
榜。到了清代，以方苞為首，繼之以劉大櫆、姚鼐，更加
大力鼓吹，把所謂古文定成相當狹隘的範圍，專以八大家
為師法的對象。因為方苞以下都是安徽桐城人，就出現
“桐城派”這個名稱。在近二百年左右在文壇上擁有不小的
勢力。

桐城派的主張是甚麼呢？他們認為古文有一定的“義
法”。甚麼叫“義法”？據說這是桐城派的始祖方苞從《史
記》中找出來的兩個字，作為古文的準則。至於怎樣去理
解這兩個字，也從沒有說明白過。大約可以這樣說吧：謀
篇佈局、命意遣詞，都要經過一番用心，而不是隨手拈
來，平鋪直敘的；在結構上要有開闔擒縱、進退反正的種
種變化；而在詞句上要符合韓柳以下的傳統習慣，不用華
靡的字，也不用俗語中的字，要典雅，卻不要奧僻。總而言
之，只有成篇的文章才算文章。著書立說的，以及隨筆小品
或是應用文等等都不算。所以義法之說只能適用於狹義的文
章。而且真正古代的文章倒未必符合他們所謂義法的。

再講得透徹一點，古文家所謂義法，大約有幾種禁令。比如俗語是不能寫入文章的，一篇之中是不能沒有前後照應的，多餘的話多餘的字是要避免的。太直率的話也是要避免的。

南宋以後的文體

一般說來，整個的宋代已經完全以古文為通行文體，不過不像清代的桐城派那樣墨守範圍。尤其在南宋，像洪邁、陸游等人的隨筆文，不用古字，甚至有時還夾雜當時的口語，卻並不妨害其為典雅。不講結構，不弄腔調，不費氣力，讀者自然感覺舒暢，這說明古文逐步進入了適合實用的階段，不再是專供少數文章家自己欣賞的了。我們應當注意：由唐到宋，二三百年之間，文體就有不小的距離，而由宋到近代，這一千年之久，口語變化多，而文言變化卻少，我們了解宋人的文章比宋人了解唐人的文章還要容易些。這應當歸功於古文運動所起的普及作用。

另外一點，南宋人又加深了古文對群眾的影響。朱熹用他的平正而精確的文體作經書的註釋，使經書容易懂了，這種新興的文體自然大有助於文化傳播，在科舉制度中就形成了以朱注文體為考試文標準的一貫趨向。朱注文體發展到了頂點，又變成文學家所厭惡的制藝或時文，在正統的古文家看來，也是極不足取的。無奈七百年中士人都要由此進身，從小就是讀的這個，學的這個，怎能脫離其影響呢？而且時文的本身雖然不好，它的構思推理，也有訓練人們走向細密深入一路的益處，因而對於語法的整齊就範，也有促進的作用。

明代也有人對平庸的文風起厭薄之感，於是追求冷峭別緻，他們也有一定的成就，不過究竟沒有多大號召力，對於整個文壇沒有引起特殊變化。

比較活躍的還是清代的文壇。除了正統古文派得到很多支持者以外，在魏晉六朝的廢墟上希圖建立新東西的也不乏人。他們並不完全是復古，而是別樹一幟。另外，清代的特色是考據之學，而考據家也另外有一種學術性的文章，這不但是正統派古文所排除的，也是以前歷代所未曾有的。由於學術研究之日益提高加深，新的文體自然應時而興，不是舊的規格所能限制。

即以桐城派的古文而論，也顯示了清代的特色，並不與唐宋八大家完全吻合。因為清代的應用文，如公牘，如書簡，已經另成一種格式，遠不與唐宋時代相同，即與明代也有分別。桐城文畢竟也不能不受時代影響，不是一味追求古雅的。

　　一般說來，清代古文的趨向是注重條理清楚，格局整齊，力求平正通達的。因此，與我們距離較近，也容易學。

比較近代的變化

　　文言的形式到了清代最後一時期，出現更大的變化。這是因為與外國語文接觸的關係。當我國的學者企圖翻譯西方文學的時候，首先要考慮一個問題，就是用甚麼樣的文體才合式。由於所要翻譯的書主要是學術性的，而這種學術性的文字，只有和我們的子書比較接近，所以一時的趨勢，突破了久佔優勢的桐城派，也排斥了更不入時的駢文。不但譯書主要摹仿子書中說理精深的詞句，連傳統的讀經讀古文的風習也動搖起來了。打開了廣泛吸收古書中精華的門路。有人就感覺中國沒有一項標準的文法書，對於文化傳播有障礙，於是仿照西方文法的原則，從古書中找出文法規律來。這是確有幫助的。從韓愈以來到桐城派的人物，都有此心，可是說不出所以然。現在總算接近解決了。

　　將西方說理的文章與先秦諸子相結合，是文壇上的新鮮事物。這是第一步。

　　第二步又由學術而影響政治，改良派的開明人士需要向群眾大聲疾呼，喚起共鳴，於是創出一種辛辣激烈、痛快淋漓的文體，用在報刊上，果然發生可觀的效力，足以左右一世。這種文體，不但遠離了歷代的傳統，連同時還存在的桐城派古文也有退卻的表示了。因為這種報刊上的文體雖然還保留文言所常用的助字，實際已經和口語接近，而且口語也因此而起了變質的作用，報刊上詞語都介紹到實際語言中來了。這就自然引導到書面文字採用語體這條路上。

過去有一個時期，出現文言與語體的爭論，一部分喜歡古文的人不贊成用語體寫文章。其實古文早已在時代的前進中不斷起了變化。清代的所謂古文已經不是宋代的古文，宋代的古文也有別於唐代。有了新的事物，自然有新的意境，就必須用不同的語言來表達。至於前人所積累下來的優點，當然必為後人所吸收繼承。我們在今天還要重視古文，就是這個道理。

二

古文文法的特點

古文中的字和詞的用法

作為一個現代的人，要理解古文，並且掌握其中的基本規律，從而能吸收、運用其優點，就需要些常識。

第一步是字和詞的用法，第二步是文法。

首先談字的用法。

古代的字一直沿用到現代的，大概都是些自然現象和常見的事物。例如天、地、雲、雨、山、水、牛、馬、花、葉、衣、帶、筆、墨之類，這些簡單的字古代是甚麼意思，今天仍是甚麼意思。但古今仍有不同之點。古人所用的字有些是遠較今人所用為複雜的，例如同一山字如果要區別是甚麼山，我們只需加個形容詞，如大山、小山、土山、光山就行，而古人卻可以為了不同性質的山造出不同的字。又如馬，我們區別起來，只說老馬、小馬、公馬、母馬，而古語也各有各的名稱，甚至幾歲的馬叫甚麼，甚麼顏色的馬叫甚麼，都有特別的字。因此，文章裡有時使用古字，可以提高用法的正確性。而且為了豐富用語增加變化，還有必要使用替代字，例如一個筆字，有時覺得用得太多，或者太直率，又可以用"毫"、"翰"等字來代替。

在動詞方面也有同樣情況。比如手拿東西，我們現在只用副詞或附加語來表示怎樣的拿法，在古語中就提供了很多的字來可以直接使用，例如執、持、秉、握、援、擎、舉、把等字，各有各的適當用途，如果用得得當，是可以使文章更加精煉簡括的。

動詞和形容詞都有古今用法之不同，我們現在說"走"，古文中只能是"行"字，而古文中的"走"，現在就要說"跑"，例如走馬、走狗，就是現在說的跑馬、跑狗。但是古文中還有不少與現在的"跑"字同義的字，如馳、騁、驟、奔等，又不是一個"走"字所可以包括的。我們現在說"快慢"，在古文中絕對不能這樣說，有的該說"遲速"，有的該說"緩急"。不但用法不同，而且分別得更為細密。

有些動詞須有賓語的，在古文中往往不必要，例如道謝只用謝，住家只用住，這說明古文的簡練。

形容詞有時和名詞一樣，有些在古文中各有各的特定意義，而口語中就只用一個字作總代表，而以附加的字細加區別。例如紅的顏色，古文可以用丹、朱、赤、絳、緋、紅等，而口語只用一個紅字，而用大紅、桃紅、朱紅、水紅、粉紅等詞來表示不同的紅。

這些都是說古文與現代語的用字有距離，現代語中的字往往不能用在古文中。為甚麼不能？主要是由於文法有些不同。另外有個原因，就是習慣的關係。

從表面看來，古文和現代語的用字也有些距離不遠的，只要互換一下就行。例如"之"和"的"，"此"和"這"，還有本來就是一個字，只是寫法不同，讀音也略有變化，例如"亦"字在今天就變為"也"字，"爾"字在今天就變為"你"字。不過仍然有文法上的問題牽制住，不能這樣簡單說。

其次，談字的組合問題，在古文中，有幾點值得特別注意。

我們要知道，儘管古文是與駢文對立的，並不講究對稱和整齊，然而事實上仍然有些對稱和整齊的傾向。首先，字的組合總是雙的，例如"分崩離析"，就是兩個兩個的兩組。假如只有一個字好說，就必須湊一個字上去，例如："老弱轉乎溝壑，壯者散而之四方。"（《孟子》）老弱是兩件事，壯是一件事，所以必要加個"者"字好配上，單說一個壯字是斷斷不行的。

當然，名詞不可能全是雙數字，但如果是三個字的也往往在便稱、簡稱，或敬稱的時候改成兩個字，例如太史公稱史公，侍御史稱侍御。甚至人名也可以壓縮，例如司馬遷稱馬遷，齊桓公稱齊桓（不過藺相如不能稱藺如，也還有習慣的關係）。

因此，又須要知道：語體文要用連詞把幾個名詞連起來的時候，在古文往往是不需要的，比如"風雨"，"天地人"，"韓、魏、燕、趙、齊、楚、宋、衛、中山"。除非意在特別加重兩個或幾個之間的關係，才加上"及"、"與"等字。

其次，形容詞及副詞廣泛使用三種形式：（一）雙聲，就是說上下兩字輔音相同而元音不同，如渺茫、慷慨、輝煌、淋漓；（二）疊韻，就是說上下兩字元音相同而輔音不同，如迢遙、徘徊、燦爛、猗靡；（三）疊字，就是同樣的字重疊使用，如悠悠、依依、拳拳、落落。其實在口語中也常有這樣的用法，不過古文中格外豐富細膩罷了。

另外還有一種帶然字的用法，單字如悠然、孑然、勃然、蕭然，雙字如茫茫然、兢兢然。雙字的下面，有時可以不用然字而用焉字。又有少數可以不用然、焉而用乎字或爾字的，這也要看習慣，不能一概而論。這卻是口語中沒有的。

又其次，人身代名詞如我、你、他，在古文中總是避免使用的。特別是第一人身，在口語中實指"我"的時候，如果必需，在古代往往用自己的名字，或者其他謙稱，如僕、臣、愚、不佞之類。對第二人身也是如此，除非自己是尊長，才用"爾"、"汝"等字。至於對第三人身則往往重複舉其名或物。完全相當於現代語的"他"或"它"的字也總是不用的。

因此，可以知道古文是更加"文飾"的，一切詞語都需要斟酌適當的分寸。

又其次，古文的詞語是講究有來歷的。所謂來歷，就是漢代人以經書為來歷，唐以前的人又增加到以秦漢及後世的經典著作為來歷，唐以後的人又增加以唐代名家所用的為來歷。沒有來歷就要嫌其粗野生硬。

來歷包括典故和成語兩種。前者如墨子善於守城，不易被人攻破。因而就用"墨守"二字表示堅守不移，這就是用典。但是久而久之，用得熟了，可以略略轉移了原來的意思，因為墨子的守城本來是件好事，而後來用"墨守"就有點頑固不化的意思。可見典故所代表的與典故的本身不一定完全一致。後者如《書經》有"友於兄弟"這句成語，後來就把"友於"二字作為兄弟的代稱。又如《易經》乾卦有"九五飛龍在天"這句成語，後來就把"九五"二字作為皇位的代稱，因為飛龍是作皇帝的象徵。這樣的成語運用本來有點牽強，幾乎有點像歇後語或隱語，但在古代已經成為普遍的習慣，也就不覺奇怪了。

以上兩種方法如果運用適宜，可以增加古文的色澤，並且可以用簡單的字傳達難於傳達的意思。常用而容易了

解的成語，例如："進退維谷"、"不言而喻"、"得其所哉"、
"談何容易"等等，都早已吸收到口語中，假如要把這種文
言譯成語體，反而不能恰當了。

助字的用法

現在再談古文的文法。所謂古文的文法，基本上不是
在漢語文法以外完全另有一套。只是在古文有一種特殊的
助字，即舊時所謂虛字，用法是不能與語體文相比附的。
但是在說明的時候，仍然不得不勉強相比附以求其易懂。

以下選出一些最基本的助字說明其種種用法。

（一）之

大家都知道："之"就是口語的"的"。然而一般說來
只有名詞在領位或名詞之前有形容附加語（形附）的時候，
才可以用之字。前者例如："臧氏之子。"（《孟子》）用"之"
字是可以的。後者例如："萬乘之國。"（同上）也是應該
用"之"字的。但一個簡單的形容詞和簡單的名詞之間，
口語用"的"，文言卻絕對不可用"之"，例如：紅的花決
不能說紅之花，強的弓決不能說強之弓，但可以說鮮紅之
花，強勁之弓。有人問：書上不是常有"古之人"這句話
嗎？不錯，但這古字是作為"古時候"用的，是名詞與名

詞的聯繫，不是形容詞與名詞的聯繫。

還有，口語"的"以下沒有字的，這種"的"字在文言也不能用"之"而必須用"者"，例如："七十者可以食肉矣"，用上口語就是：七十歲的可以有肉吃了。

還有，將兩件事情聯起來的句子，文言用"之"字最為得神，而口語反以不用"的"字為妙。例如"孤之有孔明，猶魚之得水也。"（《三國志》）口語實在是說：我有了孔明，猶如魚得了水一般。文言中這種句法是最常見的。

其次，大家也都知道："之"可以作為外動詞的賓語，等於口語的他或它。例如："其如是，孰能禦之。"（《孟子》）意思是果然這樣，誰能擋得住他？因此，這種之字一定是在動詞後面的。不過口語中這種他或它往往是省略的，文言倒不省略，例如："盡心力而為之"，口語最好是說：盡心竭力做起來。不一定說：盡心竭力把它做起來。"由此觀之"，口語最好是說：從這一點看來。不一定說：從這一點把它看看。

"之"字作為外動詞賓語還往往是倒過來用的。例如，"蓋有之矣，我未之見也。""我未之見"其實就是"我未見之"。但古文必要這樣，才覺勁挺有力。

"之"字的用法是作為口語的"到"。如"將之楚"（《孟子》），就是將要到楚國去。這是很簡單的。不過也要弄明

確不是單純的"到",而是到某處去。更為正確的説法是:
"之"等於"往",上面一例最好是譯成"將往楚國"。並
非一切口語中的"到",文言都可作"之"。

"之"字有時雖然好像是外動詞的賓語,但這個賓語並
不是實在的任何東西,而只是一種語氣。例如:"天油然作
雲,沛然下雨,則苗浡然興之矣。"(《孟子》)這個"興"
字,在口語中也可以説興他起來,但他字是無所實指的。
至於常用的複合狀詞,如:久之、次之之類,簡直就沒有
白話可以替代。

總之,"之"字固然基本上可以當作他或它,但並不是
文言所有這類的"之"字都可以説成他或它的。

(二) 其

"其"就是口語中的"他的"、"他們的",或"它的"。
這是大家都知道的。不過有時文言中的"其"字好像直接就
等於"他",並不是"他的"。但這是錯覺。例如:"何為其
號泣也?"(《孟子》)口語一定是"他為甚麼哭",而不是
"他的哭為甚麼"。在文言,這句中的"其",仍然是作"他
的"用的。總之,原則上"其"字決不能當"他"用。

另外,"其"字有作"這種"用,例如:"長君之惡,其
罪小;逢君之惡,其罪大。"(同上)(意思是:養成君的罪

惡，這種罪還是小的；助成君的罪惡，這種罪就更大了）

還有，"其"字可以有假定的意思。例如："其濟，君之靈也。"（《左傳》）（假定成功，那是您的福氣）不過這種"其"字，根本上還是作為"它的"用的，意思是説："這件事的成功"，"這件事"就用"它"來代替，而"它的"就變為"其"。從嚴格的語法來講，是這樣的。不過我們現在不是專論語法，應該注意到文言的語氣究竟與哪一種口語的語氣相當。

還有，"其"字可以有希望及懷疑的意思。例如："吾子其入也！"（你還是進去吧！）"諸侯其來乎！"（諸侯會來吧！）（均《左傳》）"其然，豈其然乎？"（《論語》）（是吧！果真是嗎？）在漢代，詔書中常用"其"字表示命令，這在口語中就沒有適當的同義字，也沒有恰當的方法來表達這種語氣。

還有，"其"字可以作為一種提起下文的語助字，例如："其藏之也周，其用之也徧。"（《左傳》）（講到收藏的方法，是周密的；講到使用的方法，是普遍的）本來這裡的"其"字基本上還是説：它的收藏法，它的使用法。不過從語氣來講，就應該從另一方面去體會了。

此外，應該知道：有些"其"字是與別的字聯起來而成複合助詞的。我們經常説，其他、其餘、其中、其次。

在純粹的文言中，則有：何其（奚其）、與其、豈其、惟
其、其何以、其所以等。

（三）者

大家都知道："者"字等於口語中某些"的"字。例如：
"從先生者七十人。"（跟先生的有七十個人）其實這個"的"
是"的人"的省略，所以也可以説像這樣的"者"字也是
"的人"的省略。前面舉過"壯者"一例，正是説壯年的人。
不過不一定指人，比如説"古者"，就是指古的時代，"何
者"，就是指甚麼道理，"或者"就是指可能這樣的情況。

無論指人，指時代，指理由情況，總之，"者"的上面
是形容的詞句。詞句可以是極長的，例如："入則無法家拂
士，出則無敵國外患者，國恆亡。"（《孟子》）意思就是：
有這些情況的，國家往往會亡。所以"者"字上可以只有
一個字，也可以有無數字。另外有一種常見的用法，等於
口語的"是"。例如："妻者齊也。"（《禮記》）（妻就是
齊的意思）這樣的情況，"者"字必須與"也"字相呼應，
單用"者"字，很難站住。不過"者……也"的用法，只
有用在加重語氣的時候，一般也不必要。如果説："妻，齊
也。"同樣是常見的説法。

再舉一個例："奕秋，通國之善奕者也。"（《孟子》）（奕

秋是全國最善於下棋的人）按照上面所説，也可以作：奕秋者，通國之善奕者也，那麼，這就顯出一句中兩個"者"字的不同，後面的"者"字就是開頭所説的"的人"了。

所以，幾種用法的"者"字碰在一起的時候，是可以節約使用的。上面就是省去一個"者"字的例子，又如"所以者何！"（所以如此理由是甚麼呢！）原來應該説"所以者何也"，"也"字可以省去。

（四）於

大家都知道"於"字是一種關係詞（也叫介詞），相當於口語中的"在"。但是文言中"於"字的用法頗為複雜，有的表示方向的關係，有的表示方面的關係，有的表示比較的關係，有的表示觀點的關係。

表示方向關係的，如"固而近於費"（《論語》），就是靠費這邊接近。又，如"子華使於齊"（《論語》），就是到齊國那邊出差。

表示方面關係的，例如："於趙則有功矣，於魏則未為忠臣也。"（《史記》）意思就是：在趙國這方面，是有功的，在魏國那方面，卻算不得忠臣。

表示比較關係的，例如："以予觀於夫子，賢於堯舜遠矣。"（《孟子》）第二個"於"字就是表示比堯舜更賢明得多。第一個"於"字仍然是偏於方面關係的。意思是：依我在夫子方面觀察。再舉一個例，如："青出於藍而青於藍。"（《荀子》）第二個"於"字就是表示比藍靛還要青些，第一個"於"字仍屬於方向關係，意思是從藍靛當中出來的。

表示觀點關係的，例如："不義而富且貴，於我如浮雲。"（《論語》）意思就是：在我看來，就同浮雲一樣。語體若省去看字，單說：在我，也未嘗不可，不過不夠流暢。

一般説來，這種關係詞不能省略，一省略就會失去原意。凡是主動式動詞後面的賓語，不能有"於"字，有了就變成被動式，例如青出於藍，這個"出"是被動式動詞，所以必須有"於"字，如果説"青出藍"，沒有"於"字，那就變成藍靛從青中出來，成為不通的話了。

但是從上面幾個例子看，如果把內動詞作為外動詞，外動詞下面那個字當然不需要用"於"字了，比如近於費可以説成近費，使於齊可以説成使齊，觀於夫子可以説成觀夫子。

然而還不是這樣簡單。文言文法有高度的靈活性，在"不言而喻"和"約定俗成"的情況下，好像怎樣都可以，不能用呆板的條規來限制。我們現在談到"於"字，就可以體會到這種特性。例如"秦始皇大怒，大索天下"（《史

記》）這句話，"天下"是不能索（搜查）的，可以説索的
是天下的人，而"的人"就不需明説了。其實這裡的原意
還是説大索於天下，可是"於"字省略了。

又如："橘生淮南則為橘，生於淮北則為枳。"（《淮
南子》）橘怎能產生淮南呢，自然是説橘生於淮南。可是
在第一次省去"於"字，第二次又並不省，先省後不省可
以，先不省後省也可以，都省也可以，都不省也可以。

最妙是《孟子》中有一段記事："昔者有王命，有採薪
之憂，不能造朝；今病小癒，趨造於朝。"先説造朝，後
説造於朝，第一個造字作為外動詞用，第二個造字作為內
動詞用，所以一個不要"於"字，一個要"於"字。但這
是我們在這裡談文法理論，其實古人所做文章並沒有計較
到這些，不過末了用"造於朝"，多一點的停頓和加重的
意味而已。

另外，有種習慣的問題，幾乎沒有規律可言的。例
如："聖賢生於其時，亦無以立於天下。"（柳文）"生"、
"立"都是內動詞，都用"於"字是正確的，但是也可以省
去第一個"於"字，單説生其時，也很通，很好，然而若
説起其時，興其時，就不大好了。

此外，"於"字推廣起來，又有"至於"、"於是"等
複合助詞，比較易懂，不須贅説了。

（五）而

"而"字的用法，在口語中也不容易有適當的說明。可以這樣說：基本上是用來聯合兩個形容詞或動詞的。前者如："華而睆，大夫之簀與！"（《禮記》）華是華美，睆是工細。兩者平列。後者如："博學而篤志，切問而近思。"（《禮記》）博學、篤志，切問、近思各為一組，也是兩者平列。

所以"而"字首先用來聯合平列的詞句。

繼而則聯合之中又分層次，例如："胡人不敢南下而牧馬，士不敢彎弓而報怨。"（賈誼文）南下、彎弓是第一步，牧馬、報怨是第二步。

又繼而聯合之中又分反正。例如："躬自厚而薄責於人。"（《論語》）躬自厚是一面，薄責於人是相反的一面。在語體中就必須用"但"、"卻"、"可是"等等的詞來表示了。

推廣起來，"而"字可以表示以這一部分的詞語說明那一部分的詞語。例如："有荷蕢而過孔氏之門者。"這是用荷蕢來說明過孔氏之門者。過孔氏之門的是甚麼人呢？是那荷蕢的（挑草籃的人）。又如："有一言而可以終身行之者乎？"（均《論語》）這是用可以終身行之者來說明一言。是甚麼樣的一言（一句話）呢？是可以終身行之的一言。

以上如"荷蕢"，如"終身行之"，都算是形容附加語，還有狀詞附加語也要用"而"字的。例如："必不得已而去，於斯三者何先。"(《論語》) 這"必不得已"是狀詞的性質。在甚麼情況之下去掉呢,在必不得已的情況下。譯成語體,就是:必不得已要在三者之中去掉一個,先去哪一個呢?

像這種"而"字,在語體中不容易有相當的字。其他則有時可用"又"、"卻"等字替代。

為了把文言的助詞用在口語裡,有時便在"而"字上面或下面再配一個字,例如:"因而"、"反而"、"而且"等。

文言中有一些"而"字與其他的字配合,又已成為複合助詞,例如"然而"、"而後"、"而況"、"而已"、"而且",這些甚至在口語中都有了基礎,就不須再說明了。

有一種用"而"字的地方,因為帶有條件副詞的作用,就幾乎可以作為"若"字看待,例如:"學而優則仕",等於說:學若優則仕。又有的地方可以作為"並"字看待,例如:"遠人不服而不能來也,邦分崩離析而不能守也。"(均《論語》) 等於說:遠人不服,並不能招來,邦分崩離析,並不能保住。

"而"字另有一種作用,可以使語氣因間歇而得到緩和,這在口語中倒很難表達的,例如"天而既厭周德矣,吾其能與許爭乎?"(《左傳》) 這個"而"字就只幫助語氣,別無意義。讀者對於這種古文,必須仔細體會其語氣，有“不可言傳”之妙。假如説：天既厭周德矣，吾能與許爭乎？並不是不通，也不是不好，而意味就差多了。

（六）以

大家都知道“以”就是口語中的“用”。最常見的用法，如：“以粟易之。”（用糧食交換）以字和口語一樣，總在它所聯繫的名詞之前。但也可以放在所聯繫的名詞之後，如：“仁以為己任。”（均《孟子》）其實就是，以仁為己任。這就與口語不同。

“以”字有時是相當於口語中的“把”或“拿”。如“子路行以告。”（《論語》）這裡的“以告”就是“把這話告訴了”。引申起來，也有“因而”的意味，例如：“不以辭害意。”（《孟子》）可以説是：不把詞句妨害意思，也可以説：不因詞句而妨害意思。

有時簡直可以與“因”字交換使用。例如：“三代之得天下也以仁。”也就與“三代之得天下因為仁”差不多。有時簡直可以與“而”字交換使用。例如：“爭地以戰。”（均《孟子》）也就與“爭地而戰”的意思差不多。

“以”又有依或按照的意思。例如：“孔子進以禮，退以義。”就是説：孔子依禮而進，依義而退。又如：“以吾觀之。”（均《孟子》）就是説：照我看來。又如：“不以其道得之。”就是説：不按道理得來。

　　“以”又有就的意思，例如：“回也聞一以知十，賜也聞一以知二。”（《論語》）就是説：回聞一就能知十，賜聞一就能知二。

　　“以”又有帶著或同著的意思。例如：“以申息之師救蔡。”就是帶著或同著申息兩國的兵救蔡。又如：“晉侯以公宴於河上。”（均《左傳》）就是帶著或同著公宴河上。甚至古文中有“以”簡直用作“與”用的。

　　“以”的複合助詞最常用的是“以為”，這是不需解釋的。但古文往往是把以為二字拆開用的。例如：“吾以汝為死矣。”（《論語》）實在就是：吾以為汝死矣。不過這只限於“以”字後面有名詞或代稱詞才可以，否則還是要“以為”連用。例如：“民猶以為小也。”（《孟子》）

　　但口語中的“以為”在近代的文言中往往是不大用而以“謂”字代替。比如“吾以汝為死矣”就寫成：吾謂汝已死。“民猶以為小也”，就寫成：民猶謂之小也。

　　還有“是以”、“所以”、“何以”等詞，現在已經成為口頭語，不再去追尋原來的意思。其實“是以”等於“這樣就”，“所以”等於“照這樣就”，“何以”等於“為甚麼是這樣”，還有“以及”等於“帶同”，“以至”等於“因而至於”。

　　比較奇特一點的是"可以"，按我們現在的口語，"可以"實在就是"可"，按原來的意思，兩個字各有各的意思。例如："雞豚狗彘之畜無失其時，七十者可以食肉矣。"（《孟子》）這個可以其實是"可用來"。用甚麼呢？就是用雞豚狗彘。但是古人也有時把"可以"與"可"混起來用，同現在一樣。例如："可以死可以無死。"（同上）其實也就是可死可無死。

　　（七）為

　　"為"可以當"作"字用。例如："是不為也，非不能也。"（《孟子》）不為就是不作，這是很容易明白的。

　　又可以當"是"字用。例如："於周為客。"（《左傳》）（對於周室來說，是客的地位）這也是很容易明白的。

　　又在口語中是"替"的意思。例如："為王誦之。"（《孟子》）（我替王述説一遍）這種"為"字照例讀去聲。

　　並且"為"字簡直可作為外動詞，當"替"字用。例如："湯使亳眾為之耕。"（《孟子》）（湯使亳人去替他耕田）

　　又在口語中是"算"的意思。例如："齊滕之路不為近矣。"（齊國到滕國這條路不算近了）

　　又在口語中是"為了"的意思。例如："不知者以為為肉也。"（均《孟子》）（不知道的人還以為是為了肉的緣故）

這種"為"字也必須讀去聲。

(八) 所

文言的介詞有很難解說、卻又很容易體會的,是"所"字。文言用所字的時候,口語也還是用所字。要了解"所"字的用法,最好以《論語》中三句話為例:"視其所以,觀其所由,察其所安。"這是說對人加以觀察的方法,一步比一步深入。視不過是一般的看,觀是注意的看,察是仔細的看。第一步看這人所接近的是甚麼人,這裡的"以"字,前人有解作"用"的,有解作"為"的,都有點勉強。其實古語"以"可作"與"解,見《詩經》鄭箋,《儀禮》鄭注。"與"就是在一起的意思。這不在本書討論的範圍,不過附帶說明一下。第二步看這人所採取的是甚麼方法,第三步看這人所愛好的是甚麼事。這類的"所"字,在口語中有下面的"的"字,則上面的"所"字也可以省去。

顯然,"所"字在外國語法中就屬於關係代稱詞。這個字可領起下文的一切。因此"所"字總帶有"一切"、"任何"、"凡"的意味。例如:"所在為敵國者何可勝數?"(歐陽修文) 所在為敵國就是到處為敵國。又如:"人所不及者皆能得之。"(歐陽修文) 人所不及就是凡人所不能到的。又如:"隨所施為無不可者"(曾鞏文),就是按照他所做的任何事沒有不合式的。

因此，"所"字可以推廣起來而成為複合助詞，最常用的是"所以"，在古文中，"所以"是作"所用"或"所由"解的，例如："丞之職所以貳令。"（韓文）意思是"丞的職務原是用來輔助縣令的"。但是演變結果，在口語中就變成"故"字，而不是文言中的"所以"了。

此外，"有所"，"無所"，也成為常用的複合助詞。例如："有所不為"，就是說有不為之事，"無所不知"，就是無不知之事。

"所謂"也是常用的複合助詞。所謂就是所認為。例如："君所謂可而有否焉。"（《左傳》）就是說：君所認為對的，其中也必有不對的。後來"所謂"二字變成了"名為"的意思。例如："又不得過南昌而觀所謂滕王閣者。"（韓文）這種用法在近代文言中就很普遍，在口語中也經常被使用了。

（九）是

"是"字本來不需要說明。但在古文中有很重要的一點，須要注意。我們口語中的"是"字，文言中是不用的。比如對話中的"是"、"不是"，一定要說："然"、"否（不然）"。某人或某事是怎樣，一定要說成某為某，或某，某也。例如：花是紅的，只能説：花為紅色，或花乃紅色。孔子是魯國人，只能説：孔子，魯人也，或孔子為魯人。

但也不能説古文中的是與口語中的是有不同的意義，"是"還是"是"，"非"還是"非"。不過作為等同性的謂語，就不能以"是"字來表達。

古文中的"是"，多半當"此"字用。在口語中也可以當作"這"也可以當作"那"。比如"是年"，就是這一年或那一年，"是人"就是這人或那人。"居於是"就是住在這裡或住在那裡。"姑捨是"就是暫且不談這個或那個。

古文中"是"字有沒有與口語中"是"字用法相同的呢？也有的。例如："是不為也，非不能也。"（是不肯做，不是不能）不過古文的"是"字可以放在名詞之後，例如："古之人有行之者，文王是也。"（均《孟子》）（古時的人有這樣做的，就是文王）

"是"字的複合助詞有"於是"、"是以"、"是故"、"是則"等，都是從"此"字的意義出發的。"於是"就是"在這個基礎上"，"是以"就是"為了這樣"，"是故"就是"為了這個緣故"，"是則"就是"這樣就"。

（十）相、見

"相"本來是彼此互相的意思。例如："出入相友，守望相助，疾病相扶持。"（《孟子》）這裡都是彼此對等的説法，相助就是你助我，我助你。與今天的用法相同。但後來稍為有些轉變，指單方面的也可以用"相"字。常見的詞句如"無相忘"、"無相念"，其實就是不要忘我，不要念我。口語中的"相信"也變成單方面的信，而不是互相信了。

"見"等於口語的"被"或"受"。例如："女無美惡，入室見妒。"見妒就是被妒。又如："臣誠恐見欺於王，必負趙。"（均《史記》）見欺於王就是受王之欺。

（十一）只、僅

"只"古寫作祇。但口語中的"只"，文言中多作"惟（唯）"、"獨"等。

"僅"字在唐代還不一定與近代的文言用法相同。韓愈的《張中丞傳後序》中有"初守睢陽時，士卒僅萬人"一語，這個僅字恰恰不是説少而是説多。到了宋代，這種用法就不見了。因此，我們讀古書有時還要注意一些與今天習慣不相符合的字義，例如"亂"字反而作"治"字解，"去"字反而作"存"字解。不過在一般的文言中不需要考慮這個問題。

（十二）請

古文中的"請"字也略與口語不同。若指對方而言，還不過變一變次序。例如："王請勿疑"，就是請王勿疑。若指自己而言，口語就沒有這樣說法了。例如："臣請為王言樂。"（均《孟子》）口語只能說：我願意或我想替你談談音樂。請字的這種用法，在近代的文言中也是常見的。

（十三）庶

"庶幾"是或者有可能的意思。例如："王庶幾改之，予日望之。"（《孟子》）庶幾可以省作庶。例如："其亦庶乎其可也。"（韓文）

（十四）不、弗、非、莫等

否定助詞，"不"、"弗"差不多可以互換，在遠古的文字中，用"弗"字居多。"非"也可以作微、匪。"無"也可以作靡、莫、蔑。這種都是聲音之轉，寫起來沒有一定的字。

否定而兼疑問，則有"不亦"、"無乃"等複合助詞。

句首助詞

以下談談句首助詞。

句首助詞大體上可以分為啟下和承上兩種，但兩者還是互相關聯的，因為啟下也不是憑空而來，一定是為了上面的話結束了再啟下，承上也不是單為承上，還是為的要啟下。這種互相關聯的作用正是文言文法的特點，往往是口語所無法表達的。

先談啟下的。

（一）夫

"夫"字大概有下列幾種用法：一是用在指定一件事情，特別提起來說的時候。例如："夫仁者，己欲立而立人，己欲達而達人。"（《論語》）又如："夫蚓，上食槁壤，下飲黃泉。"（《孟子》）口語的語氣彷彿說，講到仁，是怎樣怎樣的；講到蚯蚓，是怎樣怎樣的。如果沒有這個"夫"字，就嫌平坦，而提不起精神來。

二是用在開始預備說一段話來推闡上文的時候。例如："夫人幼而學之，壯而欲行之。王曰：姑捨汝所學而從我。則何如？"（《孟子》）這是上面已有一層意思，還嫌不透徹，再設一個比喻，加以推闡，所以用"夫"字將文氣一提。

三是用在回答人的話前面，避免突然而來。《孟子·公孫丑·下篇》的對話中，用過三次。(1)"曰：夫既或治之，予何言哉？"(2)"孟子曰：然。夫時子惡知其不可也？"(3)"曰：夫尹士惡知予哉？"細加體會，就知道不用"夫"字就顯得生硬。在口語雖沒有與"夫"字相當的字，但說起來，必在下面另加一個又字。以下的三句話必然是：(1) 既然有人辦了，又何必要我說甚麼呢？(2) 是啊，時子又怎麼知道這是不可以的呢？(3) 尹士又怎能了解我呢？這樣也能表達類似的語氣。

同時，"夫"字也可以含有這、那的意思，上述的第一例可以譯為：這件事既然已經有人辦了，又何必要我說甚麼呢？第二例可以譯為：是啊！這位時子又怎麼知道這是不可以的呢？第三例可以譯為：這位尹士又怎能了解我呢？

四是用作加重語氣之用。例如："吾王之好鼓樂，夫何使我至於此極也！"意思說：我們的王好鼓樂罷了，怎麼竟然把我們害到這步田地啊！

"夫"字也可以成為複合助詞，如"今夫"、"且夫"，比單用若字加重。各舉一例。如："今夫弈之為數，小數也。"如："且夫枉尺而直尋者，以利言也。"如："若夫為不善，非才之罪也。"（均《孟子》）

（二）蓋

"蓋"字基本上有大概的意思。例如："蓋有之矣，我未之見也。"（《論語》）就是說：大概是有的，不過我未曾見過。

引申起來，"蓋"有疑惑的意思。例如："余登箕山，其上蓋有許由塚云。"（《史記》）這個"蓋"字不能說是大概，卻也有疑而不定的意思。

再一引申，凡屬自己發抒見解，不敢自以為是，也往往用"蓋"字來引起。雖然好像也有疑而不定的意思，其實正是肯定的意思。例如："蓋孔子嘗為委吏矣，嘗為乘田矣，亦不敢曠其職。"（韓文）又如："蓋仇之所以興，以上之不可告，辜罪之不常獲也。"（王安石文）

"蓋"字也可以插在中間。例如："後之君子蓋亦嘗有其志矣。"（蘇軾文）又："然其令行禁止，蓋有不及商鞅者矣。"（同上）這些都是用"蓋"來表示肯定的。在唐宋以後的議論文中，"蓋"字比古代更多些。讀者需要細加體會，因為口語中幾乎沒有一定的方式作同樣的表達。

其次，談承上的。也可以分為兩種。

"則"字是最常見的承上助字。它本來一定是用在句首的，但所承的上文字數不多，也就放在當中了。例如："過則勿憚改。"（《論語》）（錯了就不要怕改正）因為"過"是一層意思，"勿憚改"又是一層意思，第二意仍然是結束第一意，也仍然可以說是用在"勿憚改"的句首的。

唐宋以後的文章，在推闡道理的時候，總是用"則"字指出從以上的情況產生以下的結果。例如："於是有諸侯之列，則其爭又有大者焉。"又如："善制兵，謹擇守，則

理平矣。"（均柳文）

不過不要忘記：則字也有時帶"卻"字的意思。例如："賜也賢乎哉！夫我則不暇。"（《論語》）（賜真能幹呀！至於我，卻沒有這種閒工夫）

也有時帶"那麼，就……"的意思。例如："如有復我者，則吾必在汶上矣。"（《論語》）（如果再有人向我囉唆，那麼，我就要到汶上去了）

也有時帶"乃是"的意思。例如："若《書》所謂，則大臣宰相者之事，非陽子所宜行也。"（韓文）（至於像《書經》所說的，乃是大臣宰相們的事，不是陽子所應該做的）

也有時帶"倒是"的意思。例如："若吾子之論，直則直矣。"（同上）（像你所說的，直倒是直了）

總起來說："則"字是承上的，沒有上文，就不會有"則"字。

引申起來，"則"的複合助詞有"然則"、"否則"等，口語中也不斷使用，不需要說明了。

又一常見的是"且"字。這個字表面看起來是啟下的，實際也是承上的。因為"且"字總是在以上所說之外，再推廣一層意思。不能憑空而起。

當然，兩層意思有時可以像是平列的，在短句中還可以複用"且"字。例如："見信死，且喜且憐之。"（《史記》）

(看見韓信死了,一方面喜歡,一方面又憐憫他) 不過多少還是有一層比一層的意思。例如:"公語之故,且告之悔。"(《左傳》)(公把這事情原委說給他聽,並且告訴他:自己也後悔) 在這種地方,口語的"並且"恰恰傳達了這種語氣。

唐宋以後的文章往往用"且"字開始,另外發揮一大段意思。在口語就等於"而且還有一層"。

"且"字的複合助詞常用的是"猶且"、"且夫"等,猶且就是尚且的意思,也就等於口語中的還字。且夫是在單用"且"字以外更多一點提起的文勢。

唐宋以前的文章"且"字的用法還有與後來完全不同的,不作"而且"解,略帶"因為"的語氣。讀古書的時候不可不知。

有些助字必須以承上與啟下的聯起來看。

例如"然"字。"然"字一般是作"但"字用。表示以下所說的有與以上相反的意思。所以一面是啟下,一面還是承上。例如:"吾不能早用子,今急而求子,是寡人之過也。然鄭亡,子亦有不利焉。"(《左傳》) 唐宋以後的文章用"然"字比古代多些,古代只在十分必要時才用,如果意思已經明顯,就不用。例如:"其為人也小有才,未聞君子之大道也。"(《孟子》) 在後世的文章,"未聞"上面是可以用"然"字的,甚至還是必須用"然"字的。

　　“然”字的本義是肯定詞。在古代對話中，是的就說：
“然”，不是的就說：“不然”，或“否”。所以“然”字有
“是這樣”的意思。引申起來，所構成的複合助詞都帶有這
種意義。“然而”等於“這樣而”。例如：“然而不王者未
之有也。”（照這樣而不能為王，是沒有的事）“然則”等
於“這樣就”。例如：“然則文王不足法與！”（照這樣說來，
連文王也不足為法嗎！）“然後”等於“這樣才”，“獨居
三年，然後歸。”（獨居了三年，這樣才回去）“雖然”等
於“雖然這樣”。“予雖然，豈舍（捨）王哉？”（以上均《孟
子》）（我雖然這樣，難道肯拋棄王嗎？）

　　注意：在現在口語中，“然而”已經直接代替“然”字，
“雖然”已經直接代替“雖”字了。

　　不作為句首助詞，“然”字又可作為“像”字用。例如：
“木若以美然。”（《孟子》）（木料好像太美了些）

　　古代的文章往往用“抑”字代替“然”字。例如：“多則
多矣，抑君似鼠。”（《左傳》）（好是好，然而您像隻老鼠）

　　古代又有一種複合助詞“然且”。例如：“識其不可，
然且至。”（《孟子》）（知道不行，然而還是來了）在後世
則多用“然猶”。

　　“不然”作為複合助詞，帶有“若不這樣”的意思。例
如：“不然必敗。”（《左傳》）（若不這樣必敗）

　　句首助詞有些是表示轉折的。所謂轉折，就是兩方面要相互呼應。

　　一是"苟"字和"若"字。這與"藉使"、"假令"、"果若"等詞相近似而微有區別。例如："苟為善，後世子孫必有王者矣。"這裡的"苟"字有"只要"的意思。又如："若於齊則未有處也。"（均《孟子》）這裡的"若"字有"至於"的意思。又如："藉使子嬰有庸主之材。"（賈誼文）這裡的"藉使"有"假使"的意思。

　　二是"不唯"、"匪唯"、"微特"、"非徒"等詞，用來撇開一層，再加一層。上面用了這種助詞，下面多半需要用"亦"、"又"等字，即使不用，也必帶有這種語氣。例如："非徒無益，而又害之。"（《孟子》）

　　三是"與其"一類的詞，表示退一步設想。例如："與其殺不辜，寧失不經。"（《書經》）"與其"總是與"寧可"或"不如"同用的，單獨不成意義。但遠古的文字也有單用而將下句的意思含蓄在不言之中的。

　　四是"縱令"一類的詞，表示進一步的設想。例如："縱令其亂人，戚之而已。"（柳文）這類的助詞在口語變為"即使"、"儘管"，下面往往以"不過"、"也無非"等相呼應。

　　五是"非"與"不"字的配合，例如："非千金之子，不能運千金之資。"（蘇文）

　　六是"既"與"又"字的結合。例如:"既有利權,又執民柄。"(《左傳》)這在今日,還是適用的。不過古文中的"既"字有時偏重"已經"的意思,就不一定與"又"字相呼應。

句尾助詞

　　句尾助詞實際上的作用相當於標點,特別是在表示疑問感歎的時候,這種作用非常明顯。但句尾助詞的作用卻不是標點所能代替的。現在把幾個重要的句尾助詞分別說明如下:

　　(一) 也

　　第一,"也"字表示一句話的肯定。例如:"不好犯上而好作亂者,未之有也。"(《論語》)這裡"未之有也"等於說:這是沒有的。

　　第二,"也"字表示一句話的提起,有待於下文的補充。例如:"君子之至於斯也,吾未嘗不得見也。"(《論語》)這裡連用兩個"也"字,第一個"也"字提起下文,第二個"也"字,如上所說,表示完全肯定。彷彿說:君子到了這地方啊,我從沒有見不著的。

　　第三,"也"字表示詰問的語氣。例如:"是可忍也,孰不可忍也？"（《論語》）第一個"也"字如上所説，提起下文，第二個"也"字就等於"耶"、"乎"、"哉"等字，特別是"耶"字（古寫作邪），古代往往與"也"字通用。

第四，"也"字相當於口語中動詞的"是"。特別在與"者"字同用的時候。例如："毛穎者，中山人也。"（韓文）等於説：毛穎是中山人。這在史書裡是最常見的。又如："非求益者也，欲速成者也。"（《論語》）等於説：不是求進步的，是希望速成的。

第五，"也"字帶有感歎的意味。在大多數的古文詞句中都可以體會到。專從《論語》看，例如："子聞之曰，是禮也。"等於説：這就是禮啊！又如"父母之年不可不知也。"等於説：父母的年紀不可不知道啊！又如："不圖為樂之至於斯也！"等於説：想不到快樂到這步田地啊！這類的例子舉不勝舉。

第六，在古代，稱人名或自稱名之後往往加一"也"字。例如："回也不愚。"又如："丘也幸。"（均《論語》）後來這種習慣沒有了。但不是人名而在後面加一"也"字以提高音節，加強語氣，也是古代習用的手法，為後世所沿襲的。例如："女也不爽，士貳其行。士也罔極，二三其德。"（《詩經》）

"也"字不止於在本句中發生作用，而且有時與上句連起來，可以代替連詞，使讀者從語氣體會到其中的關鍵。例如："其智可及也，其愚不可及也。"實際上是説：然而其愚不可及也。又如："古者言之不出，恥躬之不逮也。"（均《論語》）實際上是説：由於恥躬之不逮也。省去"然而"、"由於"兩項連詞，意思仍然是很明顯的。

總起來説，"也"字的用法是最靈活的，有時用在名詞之後，有時用在句子的一半，有時用在全句的末尾，有結束的意義。有時還可以連用二三次，各有各的意義。主要還是幫助語氣的舒緩，例如："其行己也恭，其事上也敬⋯⋯"（《論語》）其實中間不用"也"字是很可以的，用了無非使語勢多一點頓挫。

（二）矣

如果與"也"字對照起來，"矣"字就顯得更有斬釘截鐵的氣勢。《左傳》有一段對話，表演這兩個字的用法最為生動。錄之於下：

> 楚子登巢車以望晉軍。子重使大宰伯州犁侍於王後。王曰："騁而左右何也！"曰："召軍吏也。""皆聚於中軍矣。"曰："合謀也。""張幕矣。"曰："虔卜於先君也。""徹幕矣。"曰："將

發命也。""甚囂，且塵上矣。"曰："將塞井夷灶
而為行也。""皆乘矣，左右執兵而下矣。"曰：
"聽誓也。""戰乎？"曰："未可知也。""乘而左
右皆下矣。"曰："戰禱也。"

　　這是說楚王在樓車上親自偵察晉軍的行動，他每看
到一種情況，就問他的顧問官伯州犁，伯州犁就向他一一
解釋，因為伯州犁本是晉國人，所以熟悉晉國的事。楚王
說："他們紛紛向左右兩邊跑，是做甚麼？"他說："這是
召集軍官。"又說："都集合在中軍了。"他說："這是開會。"
又說："張起帳篷了。"他說："這是祭祖。"又說："卸下
帳篷了。"他說："這是預備發佈命令。"又說："亂哄哄的，
灰塵漲天了。"他說："這是預備清除營地，佈列行陣。"
又說："都上車了，拿著兵器又從左右兩邊下來了。"他說：
"這是聽取宣誓。"又說："是不是準備作戰呢？"他說："還
不一定。"又說："上了車，又從左右兩邊下來了。"他說：
"這是戰前作祈禱。"

　　從這裡可以看出文言用"也"字，口語就用"是"字。
文言用"矣"字，口語就用"了"字。因此，"矣"字的基
本用法是不難明了的。

　　比較難說明的是與"也"字同用的時候。大約先結束

第一層意思用"矣"字，則結束第二層意思的時候用"也"字。例如："子謂韶盡美矣，又盡善也，謂武盡美矣，未盡善也。"又如："蓋有之矣，我未之見也。"（均《論語》）為甚麼一定要先用"矣"後用"也"呢？因為"也"字帶有但字的意味，正如前面所指出的。

也、矣連在一起，比單用"矣"字多一層慨歎的意味，這時"矣"字可寫作"已"。例如："年四十而見惡焉，其終也已。"正如矣、哉連在一起，又比單用"哉"字加深慨歎的意味。例如："飽食終日，無所用心，難矣哉！"（均《論語》）

"矣"字有時直接可作"乎"字用。例如："何如斯可謂之士矣？"（《論語》）

（三）乎、哉

疑問助詞中"乎"、"哉"二字用法的分別，是不很清楚的，一般說來，需要回答的問句用乎字，不然就用哉字。用下列一段《孟子》為例：

> 梓匠輪輿，其志將以求食也。君子之為道亦將以求食與？曰："子何以其志為哉？其有功於子，可食而食之矣。且子食志乎、食功乎？"曰："食

志。"曰：有人於此，毀瓦畫墁，其志將以求食也。
則子食之乎？"曰："否。"曰："然則：子非食志
也，食功也。"

　　注意："與"甩在句尾，即後來的"歟"字，與"乎"
字大致相同，不過"歟"字更多一點委婉的神氣。在這一
段裡，顯然可以看出用"哉"字不過是一種反詰的口氣，
不需要對方回答，用"乎"字就需要對方回答，而對方提
出來的反駁，帶些俏皮口吻，就用"與"字。

　　然而在單獨用的時候，也有不能拘定的。大約單獨用
"乎"字，可能是語氣非常和婉，並不急於要對方回答。例
如："或者不可乎？"（《孟子》）又如："以與爾鄰里鄉黨
乎？"（《論語》）在口語中正好相當於"吧"字。如果改
用"歟"字也一樣，但不宜用"哉"字。

　　"哉"字也可以用在需要回答的問句。例如："何哉爾
所謂達者？"（《論語》）這裡何、哉二字本是可以放在句
尾的。如果改用"歟"字，也一樣，但不宜用"乎"字。

　　"哉"字可作讚歎用，例如："大哉孔子！"這是沒有
別的字可代替的。但如，"已矣哉！吾未見好德如好色者
也。"（均《論語》）改用"乎"字也一樣。但決不能用"歟"
字。有一種的形容詞可以與"歟"字相連，如"猗歟"、"懿

歟"，但不多。

我們還要知道：問句不是都需要用句尾助詞的。假如問句的意義已經顯明，就可以省去。特別在已有"豈"、"何"等字的時候。

疑問助詞不一定在句尾，如果用了句首的疑問助詞，則句尾的也可以省去。"豈"、"何"就是用在句首疑問助詞之一例。這些多半是組合起來使用的。例如："豈有"、"豈能"、"豈止"、"豈不"、"何以"、"何嘗"、"何為"、"何如"都是。

"何"字有時可改用"胡"字，又可以改用"奚"字，可以改用"曷"字。"何不"二字有時可以合起來用一個"盍"字。

"豈"字可以改用"詎"字，也可以改用"寧"字，還可以改用"庸"字。

遠古的古文常用"敢不"二字，實際也是疑問助詞用在句首的。例如："敢不唯命是聽！"就是何敢不，豈敢不。也有時單用敢字，句尾也不用乎哉等字。這種句子，表面上與肯定語氣無異，只有從上下文體會出來。在簡短勁健的文章中，是可以這樣的，正如口語，疑問句和述說句也只在聲調中區別就夠了。

句尾的疑問助詞，如同上面所說的"盍"字一樣，可

以兩字拼為一字，例如："之乎"二字可以拼成"諸"字，
"之焉"二字可以拼成"旃"字。說得慢些是兩個音，說得
急些，就變成一個音了。這類的例在古書中常見。

（四）焉

"焉"字只帶小半疑問意味，大部分並不是的。而且這
個字在口語中找不到適當的同義字。只可從古文的文義上
體會。舉幾個例：

"就有道而正焉"。（以下均《論語》）意思是：向有道
之人請教請教。

"有婦人焉，九人而已"。意思是：其中有個婦人，實
在只算九個。

"不可則止，毋自辱焉"。意思是：不肯聽就算了，不
要自討沒趣。

"蘧伯玉使人於孔子，孔子與之坐而問焉，曰：夫子何
為？"意思是：蘧伯玉派人到孔子那裡，孔子陪他坐著，
問他：老先生近來做些甚麼？

"眾惡之，必察焉，眾好之，必察焉"。意思是：大家說
是壞人，還要調查調查，大家說是好人，也還要調查調查。

"天何言哉？四時行焉，百物生焉，天何言哉？"意思
是：天何嘗說話呢？四時由它行著，百物由它生著，天何

嘗說話呢？

"見其二子焉"。意思是：叫兩個兒子出來見見。

"君子之過也，如日月之食焉。過也，人皆見之，更也，人皆仰之。"意思是：君子犯起錯誤來，如同日月蝕一樣。錯誤的時候，人都看見的，改正的時候，人也都望到的。

從以上各例看來，焉字都是在一句話下面輕輕一頓的表示。試看與"也"字同用的時候，就更顯明了。如："他人之賢者，丘陵也，猶可逾也；仲尼，日月也，無得而逾焉。"猶可逾也的停頓語氣重，無得而逾焉的語氣輕。

再看："愛之能勿勞乎？忠焉能勿誨乎？"愛是外動詞，須有賓語，所以用"之"，忠是內動詞，不能有賓語，所以用"焉"作為停頓。在今天的書面文字，忠字下面應當用逗點。這也可以幫助了解某些焉字的用法。

"焉"字用在句首，則表示疑問語氣。例如"未能事人，焉能事鬼？"焉字有時可以改作"安"字或"烏"字，實際就等於"何"字。

（五）其他複合助詞

古文中往往有兩三虛字連同起來用的，例如："已矣乎吾未見能見其過而內自訟者也。"又如："可謂好學也已矣。"又如"語之而不惰者,其回也與!"其實"已矣乎"
也就是已矣!"也已矣"也就是也矣,"也與"也就是歟,
不過再加一個字更覺婉轉。

另外有些複合助詞是古語今語沒有十分差別的,例
如:"然而"在口語怎樣用,文言也可以照樣用。但"雖然"
在口語中只等於文言的"雖"字,不能用雖然。文言的"雖
然"是"雖然如此"的意思,"雖然"是要單獨成一短語的。
口語的"固然",文言也只能單獨用固字。"果然"也只能
單用果字。必須注意。

又如"猶"字與"況"字。況是在原有基礎上再加深
一層說的意思。例如:"蔓草猶不可除,況君之寵弟乎?"
(《左傳》)上面用"猶"字,是從淺的一層說,下面用"況"
字,就是從更深一層說。在口語中也還是這樣用的。這兩
句譯成語體,就是:蔓草尚且無法清除,何況君的一個有
面子的兄弟呢?

單用一個"況"字有時嫌不夠力量,往往再加上一個
字,如"而況"、"何況"、"又況"、"其況"等等,現在
的口語中則通用何況。

又如"無寧"相當於"不如","縱令"相當於"即使",
這是不須逐一舉出的。

三

古文的體裁與風格

《古文辭類纂》
——古文選本之一

可讀的古文，經過前人精選，而結集成書的，種類之多，不可勝計。在古代流傳最廣最久的，首推《文選》，因為是梁代昭明太子蕭統所編的，一般稱為《昭明文選》。它的體例是專收單獨能成篇的文章，所以經書、子書、史傳，凡已成專著的都不收。在這部選本中，各時代、各流派、各體裁都有些代表作。大體上是公認的良好選本。但是從今天的要求來看，未免偏重美文方面，而且近一千多年來重要的發展不能包括在內，所以只能作為純古典的總集，專供高深的研究，而不適於一般閱讀。

在近代，古文的權威選本不能不推清代姚鼐的《古文辭類纂》，他的宗旨確定以唐宋八大家這一系統所認可的文章為範圍，內容大部分從《史記》、《漢書》及八大家文集中選出，明清兩代則只限于歸有光、方苞、劉大櫆的少數作品。儘管範圍相當狹隘，數量卻不算少。作為古文讀本也有一定的價值。這部書可以使讀者明了古文發展的概略，以及體裁的區分。所以在近二百年來，學習古文的人都把它當作必備之書，以前的各種選本就漸漸不被人注意了。

姚氏的書以"類纂"為名，可見他注重體裁的分類，有他自己的見解。他所分的是十三類，都有略加説明之必要。

第一是論辨類。在這類中主要是評論歷代史事的文章，開創風氣的是賈誼的《過秦論》。以後就有人專以某個人物或某件史事為題，辨其得失優劣，也有人以類似的人物或史事綜合起來加以評論。這種論史的文章，在宋以後最為發達。在古人大都是為了針對當前的問題，藉古事作印證，發揮自己的主張，自然是出色的！不過後人往往變成以自己的見解強加於古人，空發一篇議論，毫無實際作用，就不免成為濫調，沒有價值了。

論辨之中，也有直接對當時的某個人物或某件事實發表意見的，如韓愈的《爭臣論》就是直接對陽城的一封公開信，對他提意見。也有用來發揮一種理論的，純粹從抽象的觀念出發，如韓愈的《原性》、《原毀》就是這種性質。

也有不用論或辨的名稱，而實際仍是論辨的，如韓愈的《伯夷頌》、王安石的《復仇解》都屬於這一類。

大凡論辨的文章要説理透闢，一層深於一層，具有高度説服力，才是上品。根本問題還是要作者自己有好學深思的能力，見到人所不易見的，然後用犀利的筆調寫出。這種筆調以《孟子》為最擅長。

古人的論辨還講究用譬喻、詞藻來陪襯，使文章不流於枯燥沉悶，宋以後就不甚注重這一點了。

第二是序跋類。一般説來，序是書的前言，跋是書的後記。説明書的內容、旨趣，向讀者作介紹，就名為序。有甚麼補充意見，寫在後面，就名為跋。但序不一定對一部著作而言，在正史的志、表或傳裡也可以有一篇序作為總的説明，對於一篇文章或一組詩也可以作序。尤其對於前人的一篇文章可以用"書後"的名義發揮自己的意見，這與跋是沒有分別的。

韓愈有一篇《張中丞傳後序》，實際上等於是張巡的傳記，而文章的形式是以與朋友的談話記下來的。所以序跋並不一定是發揮意見，也可以記載事實。正如前面所説的論辨類也有記事實多於發議論的，例如蘇軾的《志林》中《魯隱公》一篇就是如此。文章的體裁只能有大體上的劃分，彼此之間仍然有交叉的關係。

第三是奏議類。這是對統治者的陳説、勸諫或建議，要求明白暢達，切實而又婉轉。漢代奏議的名家有賈誼、晁錯、劉向等，而趙充國的《屯田奏》，及賈讓的《治河議》尤其是具體建議的優良範例。後來則諸葛亮的《出師表》，王安石的《上仁宗皇帝言事書》，最能表現古代政治家的宏偉抱負。唐代的陸贄最擅長這種文章，他分析問題，指陳是非得失，既能深入，又能顯出，很有生公說法頑石點頭的本領。姚氏因為是駢文，不選，其實陸贄奏議的價值是不可磨滅的。

第四是書說類。按照姚氏的分類法，以戰國時代策士遊說之詞為"說"，以平常通信為"書"。但是策士遊說也不外乎對執政者的勸諫或建議，仍然與上面的奏議類沒有顯明的界限。至於通信，誠然是文章的另一形式，但姚氏所選這類的文章仍以發議論的為主，並不包括友誼的通信，所以這書說一類很難獨立存在。

第五是贈序類。這種文體只在唐代才開始出現，往往是替人餞行的，好像是贈人以言的意思。其中可以抒寫彼此的交情，也可以表示頌祝、期望、勉勵、感慨。典型的範例是韓愈的《送董邵南序》和《送孟東野序》。董邵南是到河北去謀事的，因而就河北的風土人情發一番感慨。孟東野是個不得意的詩人，所以提出"物不得其平則鳴"的感慨。這種的序與序跋的序不相同，但是仍然不能越出論辨與書說兩類的範圍。明代以後另有一種用來祝賀生日的，名為壽序，也無非由贈序推廣。

第六是詔令類。這與奏議類恰恰是相對的，前者是上對下的文告，後者是下對上的陳述。姚氏所選專限於漢代的詔書。因為漢代詔書有其獨特風格，而近代的詔書大都是缺乏內容的公牘文，不夠典雅，所以不在古文範圍之內。韓愈的《祭鱷魚文》實在是遊戲文章，姚氏卻因為它也算是一種文告，也列入了。

第七是傳狀類。傳應該是史書中的一部分。但有些人不夠列入史傳的資格，而事跡值得記載，文學家也往往寫成非正式的傳存入自己的文集中。也有些文學家通過個別人物的描寫來發抒自己的見解，名義是傳，而實際還是議論。像韓愈的《圬者王承福傳》，柳宗元的《種樹郭橐駝傳》、《梓人傳》都是。韓愈有一篇《毛穎傳》，是以寫字的筆為題材，用寓言的手法使其人格化。表現高度的藝術想像，博得當時讀者的喜愛。但經後人一再摹仿，新鮮別緻的文體又變得庸俗了。狀是行狀的省稱，行狀本身不能算是傳，只是提供詳盡的具體事實，以備作傳時的採擇，但也必須經過組織與排比，使其成為整潔的文章。

第八是碑誌類。這都是刻在石上以備流傳久遠的。大體上又可以分為三種，一種是紀念一項歷史事件的，例如秦始皇每巡行一處就在一處立石，用韻文體裁作成銘文。又如唐元和時代削平淮西吳元濟的叛亂，韓愈奉詔作《平淮西碑》，正文是散文，然後用韻文作四字句的銘。都不外為皇帝歌功頌德。另一種是紀念建築物或永久性建設的，例如城垣、道路、橋樑、堤堰等。但姚氏所收只以廟宇為限。此外，最常見的就是墓碑和墓誌了。墓碑是立在墓前或墓側的，如果本人的身份是貴官，還有所謂神道碑，也有稱墓表、墓碣的，總之都是指示所葬的人姓名事跡，加以讚揚。墓誌所以不同於墓碑者，只是隨棺入土，為的是年深歲久，萬一被發露出來，可藉以辨認是何人之墓。墓誌有附銘的，也有單用散文不用銘的，有銘的就稱為墓誌銘。從漢代以來，立碑刻文的風氣一直盛行，而南北朝以後又加上埋藏壙穴的墓誌。有的為自己的先人或親友而作文，有的應達官貴人之命而作文，不問有無可傳的事跡，幾乎人人死後都要有一篇文章，於是就成了不堪一讀的濫調了。韓愈作的這種文章最多，為了應付人家的請求，不得已只好無中生有，裝點一些空話，變換一下方式，以求推陳出新，所以他的碑誌與以前的傳統格式有所不同。但他的新格式又被後人沿襲，也成為濫調了。大凡這種文章總是以感情深厚的為好，像韓愈與柳宗元有著文學上的共同情感，所以《柳子厚墓誌銘》這篇就特別動人。歐陽修為了紀念他的父母，從他的寡母口中寫他從小就亡故的父親，自然是從天性發出的，所以他的《瀧岡阡表》也是不朽的名篇。

第九是雜記類。按姚氏的意思，這與上面的碑誌類有連帶關係。因為雜記也可以分兩種，一種也是刻在石上的，另一種則不過有這一篇文章，並不刻石，也沒有刻石的必要。如果是前一種也就與碑無別了。不過按姚氏的意思，碑專指歌功頌德的那一種，至於題目小些的就算是記，不問是不是刻石的。其實不如這樣説：凡是描繪山水、名勝、園林、風景的，或是説明一種事物的，都屬雜記一類。姚氏所選這一類的文章，主要是柳宗元的遊記，用秀潔清幽的筆墨為風景寫生，為古今傳誦的名作。韓愈的畫記為一種藝術品傳神，手法極其細膩，具有高度的組織技巧，也是非常值得學習的。

第十是箴銘類。這些都是韻文，內容多半含有告戒、勉勵的意味。

第十一是頌贊類。原則上也是韻文。意味則以讚揚為主。但是古人有居其名而不居其實的。例如揚雄的《酒箴》，實在是一篇酒賦。意在諷刺，既非告戒，亦非勉勵。韓愈的《子產不毀鄉校頌》，雖然是韻文，雖然以頌為名，意在讚揚，其實是一篇評論，藉以抨擊當時執政者不能採納輿論。至於柳宗元的《伊尹五就桀贊》，簡直沒有用韻，連形式也與一般的論説相同。這是柳氏藉以表明自己的政治觀點，並非真是對於古人古事無端有所仰慕而作一篇空的頌贊。這與張載的《西銘》，用古奧莊嚴的韻文詞句來抒寫哲學思想，都可以說文體是受思想支配，而思想不是受文體支配的。

第十二是辭賦類。從屈原的《離騷》起，辭賦是一種重要的文體，在兩漢時代取得了充分發展，在盛行駢文的六朝及唐代，尤其有深切影響。即使在古文佔優勢的時代，也還需要藉助於辭賦中的詞藻，來作適當的渲染和襯托。顯然，像韓愈的《進學解》，蘇軾的《赤壁賦》，不就是從漢魏六朝的辭賦中脫胎的嗎？韓愈的文章不有時還保留著駢文的面貌嗎？由此可知姚氏雖然標榜著唐宋八大家正統派的古文，畢竟不能完全排斥駢文，也就不得不將辭賦選入他的所謂古文了。姚氏自己說："古文不取六朝人"，然則他也承認六朝人的文章也不能不算古文，不過不被正統派承認罷了。《古文辭類纂》的這一部分，除了韓、蘇的幾篇以外，幾乎全是昭明《文選》中所已有的。那麼，又不如直接從《文選》中閱讀了。

第十三是哀祭類。這也是從辭賦中分化出來的，唐宋八大家用古文的筆調寫入韻文中，頗能表達沉痛的心情，所以獨為一類。

從以上的分類中可以看出，實際仍不外說理、記事、抒情的三種。不過按姚氏的意思，主要是說理的，只有碑誌，雜記偏重記事，箴銘以下四類偏重抒情。而且整個看來，無論屬於何類，都不能完全離開議論，記事之中必有議論，連韻文也還是在發議論，議論又往往是露骨的。這似乎是唐宋八大家正統派的一條準則。當然，既是作一篇文章，總有自己的見解在內，不過古人不一定在表面露出。例如《史記》中的各傳，除記事以外，並沒有甚麼褒貶的話，然而讀者自然感到有愛有憎。又如鮑照的《蕪城賦》，是針對當時皇族自相殘殺以至城邑丘墟的事實而寫的，又何嘗將這個意思明說出來呢？由於韓愈提出文以載道這條綱領，於是正統派的古文家就以能不能發揮大道理為文章評價的計算尺。原意固然是好的，不過到了後來，又由於偏重議論，作家往往被膚廓庸俗的一副空殼籠罩住了，既無精闢的見解，又無清新的境界，這種古文，儘管形式上符合唐宋八大家的傳統，實在是無足取的。

　　分類本難有一定標準，古人作文章，固然要相體裁衣，卻也不是自己先定下一個模型。況且姚氏這種分法也有後人提出修正了，不能作為定論。不過我們不能不知道大約有這些不同的體裁而已。

　　姚氏以後，又有王先謙、黎庶昌兩家各編一部《續古文辭類纂》，對於清代的古文有所增入；王氏比較狹隘，仍以桐城派正統為範圍，黎氏則打破陳規，選了更多的名篇在內。黎氏的《續古文辭類纂》是繼曾國藩的《經史百家雜鈔》而作的，對於後者有補充的作用。他們的旨趣，在於對讀者提供一些知識性的文章，使讀者在這一部書裡可以看到古代文章體制以及重要史事的輪廓，在學習作文章的同時，也豐富了自己的知識。這番用意是比姚王二氏高明的。不過在今天看來，還可以再壓縮一些，既可以揚棄糟粕，又可為讀者節約閱讀的工夫，就更切於實用了。

《古文觀止》
——古文選本之二

和《唐詩三百首》一樣，以一個不出名的編者編成的一部《古文觀止》卻比任何其他古文選本擁有更廣大的讀者，經受更長時期的考驗。而且這兩部書出現的時代也大致相同，到今天都在二百年以上。為甚麼會有這樣優秀的欣賞價值，是值得細加體會的。

《古文觀止》最突出的特點是只分時代先後而不分體裁，非但不像《古文辭類纂》那樣分為論辨、序跋等等門類，而且沒有把駢文完全排除出去。文章的來源也不限於專篇，從經書、史書中都採取了一部分。固然還是唐宋八大家為中心，但也包括一些八大家以外的文章。由此可以體會到編者的用意是要以極精簡的篇幅，使讀者可以認識從古代到近代多種優秀作品的面貌，對於不同的風格都得到"嘗鼎一臠"的機會。

這書分十二卷，文章約二百篇。所選的內容，第一、二卷完全是《左傳》，第三卷中有《國語》、《公羊傳》、《穀梁傳》，及《禮記》的《檀弓》。《公羊》、《穀梁》二傳與《左傳》記同樣的史實而用完全不同的筆法，《左傳》注重姿態，而《公羊》、《穀梁》以清勁素樸見長，一般學作文章的往往單效法《左傳》，很少能汲收《公羊》、《穀梁》優點的。而《古文觀止》能注意於此，是見解卓越的地方。《檀弓》記事的文章也在《左傳》之外別具一種風調，在情感的融會上有時超過《左傳》，所選的六段足以為這種文章的代表。

第四卷幾乎全從《戰國策》中選取。第五卷則都是司馬遷的文章，《史記》中各種面貌的短篇都有所採錄。不過我們可以體會到編者的意圖是便利誦讀，所以篇幅較長的就不能不割愛了。第六卷從兩漢的文章中選的，但十六篇之中，東漢只佔兩篇，三國佔兩篇，其餘十二篇，又被皇帝的詔書佔去三分之一，其實有些是不需要讀的。

第七卷有十九篇，其中六篇是六朝的，這六篇卻的確很受人重視。此外則是唐人而不屬於八大家系統的幾篇文章。最後五篇一直到第九卷的前一半，則都是韓、柳兩家的作品了。

　　第九卷的後一半也有幾篇宋人而不屬於八大家系統的，以下一直到第十一卷則都被歐陽修、蘇洵、蘇軾、蘇轍、曾鞏、王安石的文章佔去。第十二卷選了些從明初到明末的幾個有名的人的文章。

　　一般說來，《古文觀止》所照顧的面比較寬廣，頗能指示學者以閱讀和習作的方法。在舊時代中，一般中等文化水平的人總讀過四書，四書的文法多少能夠領會，但是在讀了四書以後，追求更高深的文學知識的人是不多的，想讀到其他經書史書，就不容易。現在《古文觀止》能每樣介紹一點，以不多的篇幅滿足中等水平的求知慾，確有它的長處。

　　但按今天的要求來說，其中可以淘汰的還不少，而子書中像《莊子》這樣具有文學價值的書，竟然一篇都不選，是非常不適當的。至於所取的宋人，只以北宋為限，像陸游、朱熹、洪邁的文章都被排斥，也顯然是偏見。

　　當然，任何選本都不能包羅萬象，應有盡有。而且作為學習的對象，其實也無須要求其全面。即使有一部首尾完備、面面顧到的選本，我們也不過各就自己性之所近，精選其中一部分加以熟讀，以求打好基礎。將來有了餘力，再廣泛閱讀，倒不失為循序漸進的方法。

學習古文的關鍵

古文選本是供人誦讀學習的，這裡提供一些必要的參考。

根據前人的經驗，學古文的第一重要步驟是誦讀。而誦讀是要讀出聲來的，並且是要讀出節奏來的。這需要自己潛心去積累經驗。因為古文的特點，首先是轉折層次的分明。有起有伏，有抑有揚，有過渡，有轉折。從這種種表達思想的路徑，並且表達作者期待讀者共鳴的感情。誦讀起來，如果符合文章的氣脈和情調，那就是能體會到文章的深處。如果誦讀起來，應該停頓的沒有停頓，應該奔放的沒有奔放，應該分高低聲調的沒有分，那將說明文章自文章，讀者自讀者，根本還不能理解，又怎麼能從中吸收其優點供自己運用呢？

桐城派的古文家教人先快讀一遍，走馬看花地明了其中大意，然後細讀幾遍，揣摩其中脈絡，發現甚麼地方應該高聲提起，甚麼地方應該低聲按下。這樣去理解古文，才是自己受用的，通過這樣的功夫，才有深刻的印象留在腦子裡。不需要強記，自然透熟。據說姚鼐讀韓愈的《送董邵南序》，這篇文章開頭一句是："燕趙古稱多感慨悲歌之士。"燕趙二字一停，是不用說的。底下的九個字，古稱二字一停，多字拖長，感慨悲歌四字連讀，到歌字微吟不絕，之士二字每字都拖長，而士字更特別長，有餘音裊裊之勢。這一句文章就要反覆詠歎到很久一段時間，表明十一個字有不少層次轉折，因而將感慨悲歌的意味烘托了出來。這並不為誇大，像《送董邵南序》這樣的短文，本來就是靠音調傳出層次的，沒有深曲的層次就會毫無意味，所以誦讀起來，決不能簡單直率。至於其他文章，也可以適當地採用這種方法。

　　古文之所以多用語助詞，就是為的使讀者容易領會其中的神情口吻，所以誦讀起來，必須注意句首用的是甚麼助詞，句尾用的是甚麼助詞。同時還要注意到沒有用助詞的地方，暗含甚麼樣的意義。例如上面所舉的例，開頭並沒有用助詞，卻是突如其來。然而也並非突如其來，實際上等於說："夫燕趙者，古稱多感慨悲歌之士。"所以燕趙二字暗含著有"夫"字提起的意味。為甚麼不明用而只暗含？因為要避免平凡落套，要表示句法勁健，富有精神。所以好文章讀起來是有味的。

　　古文不像律詩那樣要求字數的整齊和平仄聲調的規

律化，但無形中也不能違反制約和平衡的原理。過分奇零參差，和過分單調，總是不好的。古文也是經過組織的語言，為了聽感的條暢，必須在不整齊之中寓有整齊的意思，試將下列一段《論語》的句法和聲調研究一下：

> 子路率爾而對曰："千乘之國，攝乎大國之間，加之以師旅，因之以饑饉，由也為之，比及三年，可使有勇，且知方也。"

"加之以師旅"兩句，就有對偶的意思，其他一句之中或句與句之間，大體上平仄聲都是相間使用的。

姚鼐在《古文辭類纂》的序目後説："凡文之體類十三，而所以為文者八，曰：神理氣味格律聲色。神理氣味者，文之精也，格律聲色者，文之粗也。然苟捨其粗則精者亦胡以寓焉？"在誦讀的時候，首先感覺到是聲，所以將聲提出來先談一談。

總起來一句話，能夠通過誦讀傳出情感的就是好文章。文章是慷慨激昂的，讀起來也會慷慨激昂，是纏綿悱惻的，也會纏綿悱惻。是和平愉快的，也會和平愉快。是沉靜幽深的，也會沉靜幽深。

文章的基本規律

　　文無成法，但大體上也有些規律可尋。前人評文，以格律神理氣味的有無，來衡量文章的美醜。所以講作文，這六個字還是可以為法的。

　　所謂"格律"，"格"是指一篇的佈局，"律"是指的一句的措詞。

　　一篇文章，無論長短，總不能從頭到尾毫無轉換。大體上"起、承、轉、合"四個字是不能完全離開的。從甚麼地方說起，這就是起。開端以後，接下去說，這就是承。要將意思說清楚，必須推開來，或從反面，或從側面，或加一番描寫，或加一番分析，這就是轉。最後加以結束，點明這一篇的中心問題，或者回顧到開端的話，這就是合。無論敘事文或議論文都是如此，抒情文也不例外。舉《禮記·檀弓》篇中一節為例：

　　　　曾子疾病，樂正子春坐於床下，曾元曾申坐於足，童子隅坐而執燭。童子曰："華而睆，大夫之簀與（歟）！"子春曰："止。"曾子聞之，瞿然曰："呼！"曰："華而睆，大夫之簀與！"曾子曰："然，斯季孫之賜也，我未之能易也。元起易簀！"曾元

曰："夫子之病革（急）矣，不可以變。幸而至於
旦，請敬易之。"曾子曰："爾之愛我也不如彼。
君子之愛人也以德，小人之愛人也以姑息。吾何求
哉！吾得正而斃焉，斯已矣。"舉扶而易之，反席
未安而沒。

曾子疾病就是起，以下將當時的情景和童子説的話記
下去就是承，曾子要易簀而曾元不肯，曾子又責問他一番
問答，就是轉，末尾一句，將故事結束，回顧到開頭"曾
子疾病"（疾病就是病得很重）四字，就是合。

但這不過舉一以概其餘，並不是説一切文章都有同樣
的輪廓。因為格局有奇有正，有明有暗，有放有收，有分
有合，可以變化無窮。例如賈誼的《過秦論》上篇，雖然
其中也有起承轉合，但總起來看，好像長江大河，一氣奔
注，説了八九百字，只是為了末了一句："仁義不施，而攻
守之勢異也。"可見任何一篇文章可以有自己的特殊格局。
格局是文章完整的必具條件，不能散漫而無所歸宿。

初學作文章的人，可能將起承轉合看得太死，一定要
把這四個字在未下筆之前預先安排好，那也會陷於平庸呆
滯。好文章，往往是在無意之中或者不著痕跡之中，定出
格局的。例如《史記‧平準書》的結尾是卜式的一句話："烹

弘羊，天乃雨。”卜式痛恨當時的理財好手桑弘羊，認為他搜刮民財太過，把旱災的原因也歸在他身上，所以有這句話。《史記》好像並沒有把話交代完，就煞住了。其實這倒是極其有力量的結束語，剩下來的話，讀者自能體會，不需要再明説出來。

至於所謂律，實際差不多就是指語法。語法是根據習慣來的，已經被大家認可，違反了就使人感覺格格不入。不過除語法的規律以外，也要顧到修辭方面，古文家講究“雅潔”兩字，“雅”就是求合於經典及秦漢人以至唐宋古文家所常用的字面，不雜以詩歌、小説、佛經、公牘等等的字面，這種看法卻未免太狹隘了。“潔”就是不説多餘的話，不用多餘的字。總之，就是要修飾得乾淨，這個原則是對的。

講到神理氣味，就幾乎可以意會不可以言傳了。作為一個欣賞古文的人，衡量某篇文章，要看它有沒有精神，也就是要看它有沒有生氣。怎樣能有生氣呢？主要在於作者有一片真意貫注其中，如果是有真意的，説理就有説服力，敘事就能生動，抒情就能引起共鳴。文章總是活潑潑的，精神飽滿，光采照人的。

氣味又在神理以外。有了神理，可以吸引人，還不一定能夠使人感到舒適。總起來説，格律聲色可以比方人的軀體和他的服裝，沒有就不成為人。但若單有這些而不能語言動作，就是一個木頭木腦的人，懨懨無生氣，正同文章沒有神理一樣。能語言動作了，還要看他是不是語言有理，動作適宜，使人接近起來，感覺這人是個神采奕奕、感情豐富的人物。這最後一點就相當於文章的氣味了。

神理氣味四個字也可以拆開來講，不過這總是抽象的說法，所以不必分得太細。在讀古文到了一定程度，自然心領神會。初學的時候不必專在這上面鑽研。

通過以上的討論，似乎已經很清楚，古文之所以不同於現代語言，只是用字和語句構造的習慣上有些差別。至於怎樣才是好文章，並沒有不同的衡量標準。某些基本要求是一致的。例如：有條理，有波瀾，有情感，簡潔，勁健，生動，多彩，都是應當具備的條件。

從反面來說，有幾條簡單的戒律，古文家曾經指出的，也仍然可資借鑒：

一忌平庸。首先不要剿襲別人已經說得很多很熟的話，儘管還是這些道理，總要通過自己的思考，用自己的語言說出來。韓愈強調說："惟陳言之務去。"他的文章連成語都不大肯用，這雖未免太狹隘，但這種精神是值得學習的。

二忌雜亂。不但文章的層次段落要清楚，一篇文章有一篇文章的格局，不能隨意拼湊。就以用字造句而論，是文言就是文言，是語體就是語體。語體中偶然用文言的成語是可以的，卻不能在一句之中一半採用文言文法，一半採用語體文法。古人的文章也有時犯著不調和的毛病，即使程度輕微，也很容易被讀者覺察。層次的雜亂是不難糾正的，格局的雜亂必須仔細檢點。

三忌廢話。應該交代的話，要交代在適當地方，不必要的話，不要虛佔篇幅。前面所舉的例，有一段《檀弓》的文章，恰好是個生動的説明。這件故事是某天夜裡在曾子的病榻前發生的。夜裡是必須交代的，但它並不在開始一句點明，只在敍童子的時候帶敍"執燭"兩個字，不但沒有虛佔一點篇幅，同時還把當時的環境用形象化的手法刻畫出來。從這裡體會，是大有益處的。

四忌虛弱。簡練是好的，但並不等於貧乏。宋祁修《新唐書》，標出"事增文省"四個字，古文家有專在這方面追求的。其實目的並不在乎省字，為了要寫得有聲有色，字數多些又何妨？比如《史記》的文章，要刪去些字不是不可以，但刪去之後，會不會變得乾枯沒有血肉？這就值得考慮了。大概好文章一定內容充實豐富，再加上渲染陪襯的技巧，就能像健康活潑的人，勃勃然有生氣了。

最後，總起來説，我們今天學習古文的對象，應該比過去所謂古文家所定的範圍寬些，從遠古的一方面說，先秦的子書是重要的，特別是《莊子》、《荀子》、《韓非子》等書中的精粹部分。魏晉南北朝有些輕鬆秀雅的文章，如《世說》、如《水經注》等，也值得選讀。由六朝到唐，有些駢文已經流傳很廣，如《古文觀止》所選的駱賓王《討武曌檄》、王勃的《滕王閣序》，也不可輕視。過去像《古文辭類纂》、《古文觀止》都沒有近代的文章在內，而近代的文章卻正是與我們接近，容易吸收的，應該注重多讀一些。這樣就比較更全面了。

各人的資質興趣都不同，上述的各種文章，包括《古文辭類纂》及《古文觀止》所已選的在內，盡可以按自己所愛好的挑選出來，精讀多讀，其餘的只涉獵大概，也可以得到不小益處。

讀古文所要注意的幾點，第一是字句的用法。由於古文的用字和造句往往與現代的習慣有距離，必須隨時體會古文的某個字在現代應該是甚麼字，現代的某個字，在古文應該作甚麼。古文的助字（即虛字），究竟含有甚麼樣的語氣，同樣的助字在此處和彼處是否相同，如果不同應該怎樣解說，能不能自己發見一條規律。這樣就首先幫助培養了閱讀古書的能力。第二，對於每篇文章，先看清它的大意，再分清它有幾層意思，然後體會它是怎樣由前面

引到後面，又從後面回顧前面，怎樣由這一層意思過渡到
另一層意思，怎樣鋪張開來說，怎樣勒緊起來說，怎樣開
門見山地說，怎樣藏頭露尾地說，怎樣起頭，怎樣收束。
最後就明白了它的結構格局了。自己作起文章來，也就會
運用這些技巧了。

今天學習文言文的目的，一是培養閱讀古書的能力，
二是養成語言精煉、條理清楚的寫作能力。只要找到正確
的門徑，是不難達到的。

四

學習文言的要點

（一）

初步學習文言，不要目標太高。最好先看比較近代的作品。清代離我們比較近，所以清代的文章風格、詞語習慣不少是今天還通行而且適用的。明代的文章就有些不很平正的，宋代的文章又嫌太古了些。至於唐以前的文章，實用的價值更少，初學的人在這上面費工夫，是不需要的。但若對近代文言作品能夠了解而不感困難，那時再推廣到比較時代遠一些的文章，豐富自己的知識，擴充自己的眼界，那是有益的。

一般的文章選本總是先古代而後近代。當然古代的文章傳誦得多，而近代的文章，往往不被人重視。不過從學習的角度說來，開始時最好多注意時代較近的。

（二）

學習文言，應當注意的事大約有三項，一是虛字的使用，二是整篇的結構，三是字眼、詞藻、典故等等。三項之中，最基本的還是虛字的使用，那就是怎樣從語氣表達曲折的意思。

　　我們用到文言的時候，無非是心中有一番要說的話，既不能三言兩語說清楚，也不宜於過分直率簡單，而必須有放有收，有反有正，恰如分寸，宛轉動人。這就完全靠虛字的使用恰當得神了。所謂虛字，包括以下幾種：一是詞與詞之間的聯繫，沒有這個就不能成句。二是句與句之間的聯繫，沒有這個就表達不出完整的意思。三是一層一層反覆闡明的聯繫，沒有這個就不能將話說得盡情盡理，動人之聽。

　　每一種虛字，在實際運用的時候，相互配合起來，就能傳出不同的神情，神情生動，就達到了作文章的目的。

　　因此，虛字的使用雖然有語法的規律管束著，但並不能全靠死的語法規律來掌握、學習文言的，應當從整段整篇來體會，看看所表達的神情是如何，是激烈的還是和緩的，是嚴肅的還是輕鬆的，是愉快的還是悲傷的，等等。

　　實際上，如果能體會到這些，不覺得有甚麼隔閡，那就說明進一步的學習沒有困難了。

（三）

　　關於文章的結構，雖然過去一般講古文的人十分注重，其實這倒是比較不難明白的事。所謂結構，也就是說，怎樣提出一個中心，怎樣推論，怎樣結束。然而決不能説每篇文章開頭一定要有個帽子，然後一步步推論下去，最後要回顧前面作一總結。這種公式化的概念，不但無益於學習，而且阻滯了靈機，浪費了光陰，大大降低學習的效果。

如果從形式上來談結構，好文章總是變化無窮，不為形式所拘束的。如果從意味上來談結構，那麼，只要懂得上面所説的虛字的使用，就已經明了文章的轉折層次，文章有轉折有層次，不就是它的結構嗎？

附帶説一句，過去評點文章的人總是用朱筆將該分段落的地方作一小畫，表示以上是一段，以下另換一意，名為“勾股”。這是讀文章時值得採取的方法，注意一篇文章的轉折點，也就等於學習了它的結構。

（四）

字眼、詞藻、典故等等本來是次要的事項。但在今天説來，學習文言的人在這方面往往感覺不熟習，也不得不多加注意。

首先，既是文言，一般口頭的語詞是不能用的。而

且，文言與口語的語法兩樣，所以也不得不用文言中習用
的語詞來配合。試設一例。比如說：我是他的表兄弟。文
言不能生硬地改成：吾為彼之表兄弟。必須就上下文的關
係而改作：吾與彼為中表，或：吾於彼，中表也。這些詞
語用得合式不合式，往往是初學的人所遇到的一個難題。
解決這個難題，只能倚靠多多接觸文言，慢慢養成習慣，
恐怕沒有簡捷的方法。

　　這裡所提到的詞藻、典故，並不一定是說像駢文那
樣豐富華靡的詞藻、典故。但在實用的文言中畢竟有些不
可或少的要求。比如同樣的字不宜一用再用，必須變換一
些。舉個淺近的例子。比如寫信的套語：欣悉尊體綏和，
曷勝欣慰。重用一個欣字，不獨詞藻太貧乏，語法也有不
妥。那欣慰改成快慰、忭慰，就好多了。詞藻的變換也不
能全靠同義語。凡意義相近的詞彙，細辨起來，仍有輕重
緩急的差別，使用得分寸恰合也是有必要的。至於常用的
典故，用得適當，可省去許多周折，又可以增加文章的活
潑。也是文言中顯著的特色。這些都有必要自己留心學習。

（五）

　　任何學問智識不能離開讀書。讀書若沒有適當的方

法，也必至勞而少功。

　　古人對讀書方法有不少有用的啟示。但在今天說來，卻不一定都是適用的。因為我們今天的要求與古人不同。在各種不同的情況下，不能執一不變。比如古人往往強調精讀熟讀，其實精讀熟讀是為已經有相當基礎的人說的，並不一定是入門的好方法。

　　作為一個初學的人，最好是訓練自己快讀的能力。不拘甚麼書，盡量用高速度閱讀，在短期間內發現其中最感興趣的部分，抓住了這一部分，這就為我所用了。那不感興趣的部分，聽其滑過，是不妨的。凡是古書都不會絕無字句上的困難，初學的人更不用說了。假如每逢不懂的地方都要尋根究柢，非解決不放過，那就一輩子沒有幾部書好讀了。其實只要懂那可懂的，不懂的暫不理會，收穫就已經不少，讀書的作用也不過如此。用這樣的方法去讀書，才可以提高效率，擴大成果，書為我用而不至我為書用。

　　一部書經過快讀以後，即使吸收其中一部分，當然印象不會很深，不能鞏固。這也是不足慮的。讀到其他的書，又遇到同類的部分，自然會加一層鞏固。經過相當時間，也許再重讀那第一部書，那就更加一層鞏固了。所謂精讀熟讀，就是這樣積累而成的。若誤認抱一部書死讀才是精讀，那未免過於呆滯了。

　　至於作為一個專門學者，那麼，他是不能求速的，有些書不僅要精熟而且要鑽研深透。這又當別論。但是作為一個專門學者，他也仍要廣泛閱覽，仍要從自己的興趣發展。如果首先不能發現自己的興趣，任何事都不會成功。

（六）

　　這裡可以介紹一個練習文言的方法，就是寫日記。

　　過去學作文總是學作論說，這是不合實際的。論說非有學問見解不能作，當然不是初學的人所具備的條件。何況這是在舊時代裡考場用得著的，今天又有甚麼用處呢？在實踐的生活中那有用論說文的機會？光陰耗在這上面，是不值得的。

　　在今天的條件下，莫妙於藉寫日記作練習，因為日記可多寫可少寫，可專寫一事，也可連寫若干事，可合也可分，可記事也可發抒感想和議論。絲毫沒有拘束，也不至艱於下筆。吸收了甚麼新的東西，就可以隨時使用出來，日積月累，自然用之不竭了。

　　開始練習日記時不妨自己以意為之，及至下筆能夠不感困難，即是興趣提高的時候，這時可以看看前人的日記，作為借鏡。最好的日記範例是陸游的《入蜀記》，他每日所記的事豐富而有條理，文字兼有暢達、生動、美妙之長，語法習慣代表近代的一般文言，而又饒有典雅氣息，這些都正是我們所需要學習的。至於近百年來的名人日記，出現的不少了，由於他們的環境身份，各有不同的意圖，雖然都可以擴充智識，卻不適合初學的人閱讀之用。

文言應用範例

語體文言對照的範例

初學的人，閱讀文言或者不太困難，而寫作文言的能力是必須因勢利導、逐步養成的。怎樣幫助養成這種能力，雖然沒有一定方法，但若先從一般語體變成文言入手，不失為一種簡便適用的練習。

為了同時照顧實用起見，這裡採取書信的方式，作了十篇對照的範例，內容都是有關日常社會生活的。先用語體寫出，然後變成通用的文言形式，但並不是呆板的翻譯。因為所注重的只是將同樣的意思用適當的文言形式表達出來，而不在於逐字逐句的對比。

讀者可以通過這些範例看看文言怎樣變直率為委婉，變乾枯為漂亮。如果觸類旁通起來，自由運用文言的能力是不難養成的。

這一部分也可以看作為本書的附錄，聊備一格。

（一）約朋友旅行遊覽的信

某某兄：記得兄曾向我提議到某地去作一次短期旅行，

當時我因事分不開身，而且氣候條件也不理想，所以沒有能實行，未免掃了你的興。這件事我是經常放在心裡的。昨天有某某兄來向我說起，目前有某旅行服務社正在組織到那邊去的旅行團體，還有很多空額，費用不算太貴，據說是每人某某元，某天可以來回。路程的安排可以包括附近所有的名勝區，特別是那有歷史價值的某寺院，不獨風景之優美在這一地區中可稱首屈一指，尤其以留客住宿處之雅潔著名，至於飲食之別有風味，更不在話下。這些事也許你是不在乎的。但既是為了休養而遊覽，首先需要舒適安靜，方才不負此一行。我想你也很厭煩這城市生活了。即使短短幾天換一環境也是不為無益的。不過必須從速決定，遲了就趕不及，我已經代你付了報名費。好在為數不多，不必掛齒。萬一你因事不能參加，只請速來一信，仍可收回部分，沒有甚麼損失。若是同意，就連回信也不必，請在某日以前到我家同去就是。別的不再多談了。

【文言】

　　某某吾兄左右：前者，兄曾言及有意相約同赴某地小遊，彼時弟因瑣事羈身，未能應召，亦以其時氣候於出遊非宜也。有拂　雅意，至今耿耿[1]。昨有某君來訪，得悉某旅行服務社日內正有集體前往遊覽之舉，餘額尚多，費亦不昂。人②約某元左右，某日可歸。據所定路程，附近各名勝區均包括在內。就中尤以有歷史價值之某寺院為引人入勝，非獨景物之幽奇足以遊目騁懷也，即以食宿二者而論，寓處既潔無纖塵，烹飪亦別有風味，老饕③聞之，最覺忍俊不禁④。固知　兄之所好不繫乎此，然既為休養計，亦不可不力求安便適體，方不負此行。意者，兄久厭塵囂，即數日清閒，亦不為無裨⑤，敢以奉商。但為期甚迫，遲恐為人先登，已代將報名費付訖，戔戔⑥之數，不勞　掛齒⑦也。萬一　兄為事阻，即請　迅賜一示，已付之費仍可收回若干，不致全付東流⑧。否則不必覆函，逕請　台駕於某日某時蒞舍，攜手同行⑨可也。餘不一一，敬候即祉⑩！

弟

某某啟

　　註釋：①耿耿是心裡經常記掛不安的意思。　②每人可簡稱為人。　③貪饞好吃的人。　④忍俊不禁是自己控制不住的意思。　⑤裨益二字可以通用，無裨也可以改作無補。　⑥戔戔形容不多。　⑦不勞掛齒就是不值一提。　⑧付東流就是損失不能收回。　⑨攜手同行是《詩經》的成語。　⑩這信當然是在本地發的，所以用即祉作問候語，即就是即刻的意思。

這封信的內容，主要是將自己所準備的計劃告訴對方，讓對方有所選擇決定。因此，要說得簡明而周密，同時，也要委婉動人，使對方有親切之感。這裡所假定的雙方關係是平等而比較熟識的，所以也不用過分客氣。

文言書信，凡涉及對方的字句，應提行或空格寫，若涉及對方的尊親更應抬高一字。涉及本身的稱呼，則應稍偏寫。

（二）報告旅行見聞的信

某某兄惠鑒：埠頭話別，彼此都有依依之感。回想幾年以來，大家相處得這樣熟了，一旦分離，雖說人生聚散無常，在今天的世界中，距離縮短了，見面並不難，無奈知己不能早晚同在一處，總是一件恨事。

我現在略略將行程經歷報告你聽。這一路的海上生活和風景是你所熟知的。沒有甚麼特別。只在經過某埠時，有一段奇遇，不可不讓你知道。這天船到某埠，約有半日停泊，我為了尋點消遣，也跟著大夥上岸，他們看朋友的看朋友，買東西的買東西，只我舉目無親，方言不懂，無非在街上閒遊而已。不料耳邊忽聽有人叫我的名字，正在詫異，茫然四顧，那人走到跟前，仔細一看，原來就是我們的老同學某君。已經多年不通消息了，他還有點認識我，正在將信將疑，姑且叫我一聲試試，彼此認了出來，都覺異常高興。當時就承他引導我遊覽公園，並且喝了一次茶，本地風光，頗又使人留戀，可惜船要開了，不能耽擱。他細細問了你的近況，再三囑我向你致候。至於他的情況，一言難盡。總之，由於他的毅力和天才，居然歷盡艱難而獲得成功了，可喜可佩。以後再向你細談吧！

【文言】

某某兄惠鑒：郵亭折柳①，不盡依依，彼此想同之也。回思數載以來，朝夕過從②，忽焉暫別。萍蹤③聚散，固屬人生之常，居今之世，更無異有縮地④之術，重覿　言笑，亦非難事，然知己不能得同在一方，多獲切磋⑤之益，終不無遺憾耳。旅程所經，皆　兄舊遊之地，無俟縷述。惟舟泊某埠，有一奇遇，不可不為　兄告。是日以解維⑥有待，姑⑦隨眾登岸一遊，弟舉目無親，又不諳方言，躑躅⑧街頭，正無聊賴，突有呼賤名者，聲達耳中，默自駭怪，不知從何而來，茫然四顧之間，其人已趨而前，細辨之，乃吾輩舊同學某君。別有年矣，猶依稀相識，彼因亦未敢遽信為吾也。握手話舊，無任歡然，承其引導遊園，淪茗⑨促膝，曠觀景物，致足移情。惜晷⑩短不能久留，草草又成勞燕⑪。渠細詢吾　兄近狀，鄭重屬為

道候。至渠之經歷，一時非楮[12]墨所能詳，總之，其天才與
毅力足以使之排艱阻而履亨途[13]，殊堪佩慰，容他日為　兄罄
之。得暇望以數行示我，俾釋遠念。諸惟　珍重不一。

弟

某某手上

　　註釋：①郵亭即亭驛，是送別的地方，折柳贈行是古代的習
慣。　②過從、往還，都是相互訪晤的意思。　③萍蹤比喻人生離合
像浮萍在水面一樣，東飄西蕩。　④縮地是傳說中神仙的法術。　⑤
切磋出《詩經》："如切如磋，如琢如磨。"是相互提高品質和學
問的意思。　⑥解維、解纜、啟椗，都是啟航的意思。　⑦姑，是
說無可奈何，只可這樣。　⑧躑躅是行路遲緩和沒有明確目標的意
思。　⑨淪茗就是泡茶。　⑩晷是時光的意思。　⑪古詩有"東飛伯勞
西飛燕"之句，伯勞是一種鳥名。這句話含有彼此分手的意思。　⑫
楮是一種樹名，皮可造紙，所以可作紙的代稱。　⑬亨途就是順境。

（三）勸戒朋友的信

　　某某吾弟：又有多時不通信了。這應該怪我太懶，我必須
先向你道歉。但是我對你的動態是時刻關心的。每逢故鄉人來
了，只要和你有點認識的，總要問問你的近況。第一使我放心的

是府上令尊令堂以下都健康良好，你本身也一切如常。在遠處的人聽到這些話，已經好像重回故地，與舊日知交相見談心了。

但是人的希望是得寸進尺的，我不止希望你一切如常而已，還願意知道你是怎樣突飛猛進，日新月異，無論在事業上，在學識上都表現長足的進步，那就高興的不止我一人了。因為我和你交情不比尋常，期待你的心思，比期待我自己還要超過一些。希望你培養起雄心大志來，不要把光陰虛度了。

我在這裡也只是勉力支持，環境實在不如人意。因此抱定潔身自好的宗旨，別人倒也不嫌我孤冷。有人說起你近來有以賭博消遣的習慣，不知確否。或者你是為了應酬而不得不隨俗吧！但是只怕日久被這種不良習慣纏住，就不能脫身了。我所見到的這類事太多，望你特別注意，至盼至盼。

【文言】

某某吾弟如晤：不通箋訊①，又已逾時，疏慵②之咎，何容自恕！惟是 動定一切，無時不在念中，每遇故里人來，但令與吾 弟略有淵源，不佞③必詳加探問，冀能藉悉 況。聞其述及 尊府自 令尊 令堂以次皆康強逢吉，吾 弟亦一是如恆，羈旅④之人，斯言入耳，即不啻重回桑梓⑤，與舊日知好把臂論心，快何如之！雖然，人固不甘於故步自封者，以吾弟 之才，又豈僅以守成為可喜哉？吾尤望其發揚蹈厲，日起有功，以之治事則愈宏，以之治學則愈富，則為之歡欣鼓舞者，且不獨不佞一人矣。忝在素交，所以期諸吾　弟者，不覺其殷切之甚，所望珍惜有用之光陰，勿自暴棄也。鄙人在此，勉力因應而已，頗有不如人意者。故決意抱定潔身自好之旨，人亦漸知其素尚[6]而不以冷僻相譏。微聞有人議及吾　弟近染摴蒲[7]之好，未敢遽以為信。如其有之，殆亦牽於世俗酬應不能立異耶！所慮一沾痼習[8]，即難擺脫，平生所見陷溺於此者甚眾，故不憚肆言之。諒賢者不以為忤耳。別久思深，涉筆覶縷[9]，諸惟　珍重！

　　　　　　　　　　　　　　　　　　　　　　　某某啟

註釋：①箋訊即通信之意。　②慵，懶。　③對人稱弟，若自稱兄，未免太不客氣，不佞二字則對長輩、平輩、晚都適用。　④羈旅就是作客。　⑤桑梓就是故鄉。　⑥素尚是平生志趣。　⑦摴蒲就是賭博。　⑧痼習是說成了嗜好。　⑨覶縷是瑣碎的意思。

　　這是假定一個年輕朋友染上賭博惡習，加以勸戒。逆耳之言，不易為人接受，可能因此損壞友誼，所以首先表示自己深深關切，繼而表示對於對方的期望，又繼而表示自己的潔身自好，暗暗諷示。末了作為傳聞之言，替他開脱幾句，才點明賭博之害。這樣在正文上輕描淡寫，而旁敲側擊，更加顯明，也不致於使對方感覺難堪了。

（四）答覆勸戒的信

某某先生：正在想問候你，你給我的信倒先來了。一方面使我慚愧，另一方面也很歡喜，因為知道你一切都好，這是最使人欣慰的。

來信情深意厚，不同尋常，再三捧讀，真使我感激涕零，無言可喻。人生在世，得一個知己已不容易，得一個良師益友也很難，兩者兼得就更難了。你一方面勉勵我，這說明你是不鄙棄我的，認為我還是可以造就的。憑這一點，我就應當加倍努力，以求不負知己。至於那糾正我的錯誤的話，不問別人所傳的是否正確，總之，你肯對我直言告戒，就對我有莫大之益，使我隨時提高警惕，有則改之，無則加勉，豈不是成全我得更大嗎？所以需要良師益友就是為此。

我在這裡鄭重向你道謝了，以後仍望不斷賜教，感激不盡。

你在異地遠遊，總以保重身體為要。其他都不必介意。蛟龍得雲雨是要遭遇時機的，一定可以盼望到這一天。下次得便，想託人帶一點故鄉土物，藉以表相念之意。不盡之意再談吧！

【文言】

某某先生左右：正擬奉候，乃荷　先施①，愧悚②之餘，得諗③　台躬④康勝，兼用為慰⑤。來示情意深厚，逾越尋常，雒誦⑥再三，感激之私，無言可喻。嘗謂人生得一知己固難，得一良師益友尤不易，若二者兼而有之，豈非難之中又有難焉乎？　公之諄諄⑦戒勉，足以知　公之不相鄙棄，謂可造就。即此一端，不佞自當益自策勵以期無負知己。至於責我云云，姑無論人言果確與否，要之，得　公直諒⑧相待，即為益莫大焉。使不佞⑨隨時自警，有則改之，無則加勉，所以玉成⑩我者至矣。人之所以相需於良師益友者，正為此耳。敢不拜　嘉⑪！繼此以往，仍祈　源源賜教，無任企盼。客遊之中，倍宜珍攝，其他無足介意，蛟龍雲雨，騰達可期，尚望靜以俟之。稍緩擬託人略致故鄉所產，藉表微忱⑫。臨箋⑬不盡淒淒⑭。敬頌　旅祉⑮！

某某敬啟

註釋：①先施是我還沒有去信，你倒先來信了。　②悚是恐懼的意思，愧悚往往聯成一詞。　③諗（讅）是知悉的意思。　④台躬即尊體。　⑤兼用為慰即並以為慰。　⑥雒誦語出《莊子》，即誦讀之意。　⑦諄諄形容再三叮囑。　⑧直、諒、多聞是孔子所說三種益友。　⑨不佞是謙稱不才、不肖的意思，無論對長輩、平輩、晚輩，客氣點都可以此自稱。　⑩玉成就是成全的意思。　⑪拜嘉是拜謝你的好意。　⑫微忱即微意。　⑬臨箋即預備寫信的意思。　⑭悽悽形容恭敬而誠懇。　⑮旅祉，祝人在旅居中的幸福，對方在外地即可用此作敬語。

這封信是假定接受勸戒的。先承認勸戒是出於善意，表示感謝。這是對待批評的正當態度。至於所指責的那一點，也只輕輕帶過，不加辯護，更顯得磊落大方。最後針對來信，也說幾句酬應的話，就照應周到了。

（五）向人求貸的信

某某先生：現在有件小事，想請求你幫幫忙。可是很不好意思開口，沒有法子，經過反覆考慮，只有你是把我們當自己人的，不向你說，又向誰去說呢？事情是這樣。我們家裡去年為了急需，曾經將先世所藏的一件某某某畫押給某君，得以渡過一時難關。本來，再過一個時期，我們可以湊齊一筆錢，了此債務。其實對方也並沒有催我們。不過聽說他要有遠行，我們深恐錯過時機，即使到期備價贖還，萬一彼此情況發生變化，就不好辦了。為了爽爽快快一了百了，不如早點贖回的好。好在當初說過是可以隨時贖回的，字據上載明，不能發生異議，而且某君倒也不是懷有惡意的。我們並非以不肖待人，所怕的是人事變遷不能預料。你一向關懷我們，你看這意思對嗎？現在所苦的是目下還差一部分不能應手，事情又是不宜於耽誤的，可否請你暫挪某某元幫我們把這件事辦妥？只要再遲二三個月，某處的一筆款項收到，即可奉還。如蒙慨允，應辦手續，請你指示，無不遵辦。

【文言】

某某先生惠鑒：茲有奉商者，夙承　關愛，情誼之殷，有同骨肉。舍間各事亦無不在洞鑒之中。客歲因應付急需，曾將先世所藏某某某畫向某君押借一款，得濟燃眉[1]。其實稍遲時日，不難備價贖回，仍是楚弓楚得[2]，且前途亦並無催索之意。惟以傳聞某君不日將有遠行，所慮日後兩地懸隔，難保情事變遷，致難措手。為一了百了計，不如提前償清此債，收回原件，以防意外之葛藤[3]。所幸當時原約固可隨時贖回，料不致別有異議。弟等對於某君並非敢以小人之心度君子之腹[4]，只以人事固有難於預測者，不得不審慎出之，諒　執事知我素深，或不以為謬也。惟目前百計張羅，尚有功虧一簣[5]之虞，時機緊迫，可否俯賜　鑒諒，暫挪某某元玉成[6]此舉。兩三月後，敝處略有所入，即當歸趙⑦無誤。倘蒙　惠允，一切自當照例辦理，謹候　指示，無不遵　命。敬希照察。順頌　時祉⑧。

　　　　　　　　　　　　　　　　　　　某某敬啟

　　註釋：①燃眉，火燒眉毛，是十分緊急之意。　②楚弓楚得是古代成語，藉作仍歸自己所有之意。　③葛藤比喻事情糾纏不清。　④以小人之心度君子之腹，語出《左傳》，意思是以不肖之心待人。　⑤功虧一簣，語出《論語》，比喻還差一點不能成功。　⑥玉成，幫助成功。　⑦歸趙，借用藺相如完璧歸趙的故事，指償還不欠。　⑧順頌時祉是對平輩、晚輩，或不甚尊敬的長輩都可以用的結尾敬語。不問一年的春夏秋冬或一日的早晚都可適用。

　　向人求援助的信，最要緊是說出切實的辦法，讓對方根據所提辦法，加以考慮。首先，當然也要動之以情，使他難於推卻，再加上所說的都是事實，就能加強信的效力了。因為這不同於應酬信，所以不必用虛文套語，但口氣總要十分和婉。

（六）辭謝代人經手事件的信

　　某某先生：承你委託將某某代覓受主。曾經向幾處熟人都詢問過，昨天有某君來看了貨，據他說：這件東西有一兩處缺點，未免減色可惜。但即使沒有這點缺陷，也不能估到那樣的高價。我對於這事不甚內行，此人所說，是否有幾分可靠，我不敢贊一詞。只因為日已久，問津的人不多，也總沒有肯給價的，我想不如仍請收回，另請可靠的人參論一下，再決定辦法。我並不是推卸責任，正是因為承你不棄，鄭重託我，恐怕耽誤了事，有負委任，所以率直向你建議，希望你能諒解。

賤體近來頗呈衰弱之象，經常失眠，以至精神倦怠，記憶減退，醫師力勸休養。我因為許多事還擺不開，一時談不到完全靜養。但如果長此不癒，恐怕也只好考慮遷地療養的問題了。承你關切，順便奉告。

【文言】

某某先生左右：敬啟者，承　屬將某某代覓售主，遵即多方詢問，冀有以報　雅命。昨有某君前來，詳加察視。據云此物惜有一二微瑕[1]，未免減色。然即使無此缺陷，距所開之價仍屬過遠。弟於此道本非當行，此君所言究有幾分可信與否，未敢贊一詞[2]。惟以為日已久，而問津[3]者又復寥寥，偶有過而問者，告以標價，輒掉頭而去。鄙意不若仍請收回，另邀篤實之行家參論定奪。弟決非推諉，正因　執事

殷殷付託，誠恐遷延④誤事，致負　委託，故敢據實奉陳，想
不以為謬也。再賤軀近日益形衰弱，夜寐不寧，精神日短，
醫者皆謂積勞所致，力主休養。因經手各事叢脞⑤待理，難於
擺脫，謝絕一切，勢未可行。但若長此無起色，則恐亦不得
不思遷地以資靜攝耳。夙承　關注，附以奉　聞。敬頌　大
安，諸祈　亮察。

某某敬啟

　　註釋：①瑕，疵病。　②未敢贊一詞是不敢表示可否的意思。
③問津是《論語》中的一個典故，借用為探問價值之意。　④遷延，
耽擱。　⑤叢脞，忙碌。

　　凡是拒絕對方委託的信，很難措詞。一方面要推卸乾
淨，不宜拖泥帶水，一方面又要婉轉不得罪人。這封信的
對方不是十分有交情的，在禮貌上應當特別客氣，但措詞
不妨稍為直率些，方能將事情說清楚。而且在情理上既然
不能代人辦到，還是請他另外設法，免得誤事，也是很正
當的道理。
　　又：在這種情況之下，可以不講虛文，直接提出所要
說的話，用敬啟者開頭也就夠了。

(七) 答覆求薦事的信

某某先生：接到來信，知道你近來的情況，深在念中。急謀工作，當然是最要緊的，凡屬好友，都義不容辭，應當盡力留意。即使你不吩咐，我們也決不能漠不關心。不過來信說要我寫信給某君介紹，這一層不能不稍費躊躇。為甚麼呢？首先，我和他本來交情不深，近年因為各走一條道路，接觸的機會更少，突然為了推薦你而和他通信，未免叫他覺得離奇。其次，聽說近年他的左右有一班人包圍了他，幫口很緊，輕易不讓外人打進去。如果冒昧從事，不成倒也罷了，即使成功，事情也不好辦。為你打算，也恐怕不是一策。

據我想，以你的大才，前途不可限量，一時的挫折，算不得甚麼。很可能就有機遇在目前，用不著求人，人就會求你的。不過既然承你委託，我當然應該盡量效勞，縱然不發生效果，想你知道了上面所說的這些情況，也必不會怪我不盡力的。倘然遇著可以向某君進言的機會，我自當注意進行。

【文言】

某某先生惠鑒：接奉　來示，備悉　清況[1]，深在念中。此時自須急謀高就，凡屬友好，自應盡力留意，縱無　雅命，亦無漠視[2]之理。惟　尊意欲弟致書某君推轂一節，頗費躊躇。

一則以彼此交情本只泛常，近者南轅北轍，更疏接觸，貿貿通函，未免突兀。二則微聞③其左右朋比膠固，伐異黨同④，外人殊難插足，不獨言之無效也，即使允為位置，將來掣肘之患必多。為　執事借箸⑤籌之，亦非計之得者也。鄙意　犖犖⑥大才，無久賦閒居⑦之理，暫屈　驥足⑧，何庸介懷？僕料遇合即在眼前，匪我求童蒙，童蒙將求我⑨矣。但既承　委屬，自當惟力是視⑩。即使謀之不臧⑪，諒　公了然於上述種種，亦必不見責。擬俟有可向某君進言之機會，姑一試之。專覆布臆⑫，藉頌大安⑬，諸祈　鑒察！

弟某某啟

註釋：①清況，指對方不甚得意的景況。 ②漠視，不關心。 ③微聞，好像聽說。 ④朋比膠固，打成一片；伐異黨同，排斥外人。 ⑤借箸，用《漢書·張良傳》的故事，指代人打算。 ⑥犖犖形容才力優越。 ⑦賦閒居指失業，借用《文選》潘岳作《閒居賦》的故事。 ⑧驥足比喻人的大好前途。 ⑨匪我求童蒙，童蒙求我，語出《易經》，意思是我不必求人，人會求我。 ⑩惟力是視是《左傳》的成語，盡力辦到的意思。 ⑪謀之不臧是《詩經》的成語，辦得不好的意思。 ⑫布臆是敞開說話的意思。 ⑬藉頌大安，是在述說一件事之後順便問候的意思。

　　這種求人薦事的信，很難答覆。因為對方在困難中，不能生硬地拒絕其請求，但事實上又辦不到，則必須先表示一番關切，然後宛轉說明不能照辦的原因。最後仍說幾句普通的安慰話，對方明知是敷衍，當然也不會再來糾纏的。

（八）祝壽的信

　　某某先生左右：下月某日，是你的老太爺老太太七旬雙壽。料想府上定有一番熱烈的慶賀，親族知交都必同聲稱祝，而兩位老人也必懷著愉快的心情接受大家的敬意。

　　在今天看來，七十歲是不算老的，以後每十年祝一次壽的日子還多著呢！像兩位老人這樣身體康健，兒孫繞膝，家門鼎盛，欣欣向榮，已經是世上不容易獲得的全福了。特別是先生能夠仰體老人的心意，不僅使他們得到物質上的幸福，還能看到下輩都以品德和學業取得隆隆直上的聲譽。這才是最能得到父母歡心的事，也是別人所最羨慕的。

　　在府上這樣的盛況中，平常祝賀的禮物都微渺得不足道了。而且我現在的一片祝賀熱忱也不是任何物質可以表示的。加以道遠，寄遞不便。至於詩文聯語，我的才學淺陋，又不敢獻醜。因此，我想不如免去俗套，還是直率地用書信以代面祝吧！料想不會怪我短禮的。謹此再向堂上二位老人致敬致祝，並向闔府道賀！

【文言】

　　某某先生台鑒：來月某日，恭逢　老伯暨伯母七旬雙壽，遙想親賓滿堂，杯觴競舉，　二老顧而樂之，必有非常盛況。當今之世，七十亦不過大年之初枒①，繼此以往，日升月恆②，何有限量？如　二老之康強逢吉③，慶祉駢臻④，固已為人世稀有之全福。加以　公等善於養志⑤，不徒以世俗之榮華壽其親，尤能使其親見庭階蘭玉⑥，輩聲騰實⑦以博其怡悅，此則彌可企羨者也。然則尋常致祝之儀物，既相形而不足道，區區之忱亦非循例之舉所能宣罄，又況遠道賚⑧寄維艱，以下走之潦陋⑨不文，更不敢操觚率爾⑩，以貽不誠之誚⑪。思之再三，不如蠲⑫去浮泛，逕以短箋表我微意，簡略之愆⑬，當蒙　鑒諒耳。謹此馳叩　侍祺⑭，順賀　潭慶⑮！

某某謹啟

　　註釋：①初枒譬如梯子之第一級。　②《詩經》：如日之升，如月之恆，是多福多壽的祝語。　③身其康強，子孫其逢吉，語出《書經》。　④駢臻是一齊來到的意思。　⑤養志是說能得父母的歡心。　⑥蘭玉是芝蘭玉樹的省略，比喻佳子弟。　⑦蜚英聲，騰茂實，語出韓愈文。　⑧賚，即送。　⑨滷陋，即淺陋。　⑩操觚率爾語出《文選》，是隨便下筆的意思。　⑪誚，譏誚。　⑫蠲，免去。　⑬愆，罪。　⑭侍祺是祝人在父母膝下的敬語。　⑮潭是形容第宅的深廣，一般稱人的全家為閤潭，潭慶即全家喜慶的意思。

　　祝賀對方父母的壽辰，本來是一種社交儀節，但亦以刪除俗套，表示誠意為好。當然，詞令要華美熱鬧些，不可雜有不吉利的字眼。

（九）謝為父母祝壽的信

　　某某先生賜鑒：前月家父母七十生日，本是不敢驚動諸位的。承你老先生來信，賜以祝詞，還要十分客氣，使我萬分不安。你這番盛意太好了。不是知道我家情況而且相待如此之厚，不能這樣懇切，這豈是物質的禮物所能比呢？不是比任何珍貴的物品更有價值嗎？不過你對於我們誇獎太過，這雖是你老先生見愛，無奈區區斷不敢當。只可隨時隨事勉勵自己努力向上，敦品勵學，雖不能顯親揚名，也總要不辱沒家聲，免得辜負了你老先生的期望。

　　我已經把你的來信讀給家父母聽了，他們都深深感謝你這番親切的盛意，並且吩咐我鄭重給你道謝，還交代我：以後要時常向你叩教，以求增長學識。但不知道像我這樣愚魯的資質是不是可以教導。

再者，你年長於我們，是我們一向尊敬的，以後請不要過分謙虛，使我們更加不安，希望不要見外才好。

【文言】

某某先生賜鑒：敬啟者，前月　家父母七十生辰，恪遵訓諭，不敢煩瀆　諸長者。乃蒙　朵雲下貺[1]，吉語聯翩，稱謂之間，過於謙抑[2]，尤非所克當。循誦再三，愈覺詞意懇切，不似泛常，非於寒家相知有素，而又相待至厚者，焉能及此？百朋之錫[3]，何以加茲？又豈物質之珍所可同日而語耶？惟是　台示於不肖等獎飾過情[4]，雖云我　公見愛，其奈無鹽陋質[5]，不堪被以錦綺何！撫躬循省，惟有勤勤自勉，敦品勵學，夙夜不解，縱不能顯親揚名，亦庶幾無墜家聲，免為　長者羞耳。賜函謹已呈諸堂上，雙親均深感厚意，命不肖鄭重致謝，並諄諭不肖以後必應隨時求賜訓誨，以期增長學識。特不識愚魯無能如不肖者尚堪策駑馬十駕[6]之功否耳。專此布臆[7]，並申謝悃[8]，敬頌　起居，諸惟垂詧。

某某謹啟

　　再：我　公年長，夙所尊事，此後祈勿再過自撝謙⑨，增我惶愧，務乞勿見外為禱。

　　註釋：①朵雲形容華美的文字書信，下賁是下降的意思。　②謙抑是客氣的意思。　③百朋之錫是十分隆重的禮物賞賜。　④獎飾過情是說過分誇獎。　⑤無鹽是傳說中最醜陋的女性，比喻自己姿質的鈍拙。　⑥駑馬十駕是說雖是駑馬，只要勉力前進，也可以趕上駿馬。　⑦布臆是竭誠陳說的意思。　⑧在寫謝函的時候，總要帶上敬鳴謝悃、謹布謝忱這類話頭。　⑨撝謙也是謙抑的意思。這是說對方來信的稱呼太客氣。這封信的語氣是將對方作為尊長看待的，但也不是真正的尊長。如果真是尊長，應該將先生改為仁丈，我公改為吾丈。如果與上輩有交情，則仁丈還不夠，應改為老伯。

　　這是應酬文字的一個範例。對方為自己的父母祝壽，理應回信致謝。本來可以用空泛的套語，但為了表示尊敬誠懇的意思，僅說對方的情意怎樣隆重，還是不夠，再表示一下希望隨時指教，分量就重得多了。

　　（十）弔慰遭父母喪的信
　　某某兄：許久沒有通信，正在想念。昨天忽在報紙上看到伯母大人辭世的哀耗，不勝驚訝。他老人家一向身體康健，我們正以兄等能在膝下承歡為可欣羨，不知這次是幾時欠安，因何竟致不起。兄孝思最深，遭此大故，定然哀痛倍常。但是人生壽數是有一定的，他老人家享年也不小了，又眼見家業興隆，丁口旺盛，人生的福分再沒有比這更美滿的了。含笑歸天，可以毫無遺憾。兄還有重要責任在身，許多公私待理的事，要以雙肩來擔荷，切不可過分傷痛，以致反而使老人在天之靈不安。是我所懇切希望的。路途遙遠，非但不能親自前來拜奠，即使一點微不足道的敬意也無法寄上，區區之心，只有請你原諒了。

【文言】

某某兄禮次①：久疏箋問②，正切馳思。昨於報端駭悉　伯母仙遊，不勝悲悼。伏念　慈躬夙稱強健，弟等正以　賢昆季③承歡膝下愛日方長，深為欣羨，不審此次何因遘④變。我　兄孝思純篤，丁⑤此大故⑥，摧痛⑦可知。惟壽之修短⑧固難逆料，　伯母春秋⑨已高，目睹門庭集慶，椒衍瓜綿⑩，人生福分如此，亦可謂遺憾毫無者矣。況我　兄承家事重，百端待理，切勿哀毀逾節，轉使　在天之靈或有不安，是為至要。川途間阻，非特未能躬親獻奠，即戔戔束帛⑪之敬亦無從寄奉，耿耿此衷，惟祈　鑒諒。專此布唁，即承孝履[12]。

弟某某頓首

註釋：①對居父母喪的人不能稱閣下、左右、台鑒等等，以稱“禮次”為妥，即喪次之意。若是新喪不久，則用“苫次”。非父母之喪，則都不能用，但用一“鑒”字較妥。　②箋問即書信之意。　③昆季即兄弟之意，略帶敬稱。　④遘，遭遇。　⑤丁，當。　⑥大故，指父母之喪。　⑦摧痛，摧傷悲痛。　⑧修短，長短。　⑨春秋，年歲。　⑩椒衍瓜綿，以椒與瓜比喻子孫之興盛，語出《詩經》。哀毀指過分的悲哀以致有傷身體。　⑪戔戔束帛，古語指微小的禮物。　⑫孝履是對居喪者的問候語，平常用敬頌或敬請甚麼安，頌、請、安等字都不能用，必須改變一下。

弔唁的信不能用平常的客套，一般總是先表示自己的悼意，然後勸慰對方不要過分悲痛。再將逝者讚揚一番。最後道歉不能親自作弔。如果是十分親近的關係，可以再詳細問問身後的情況。不可牽涉到別的話。如果夾雜不關緊要的話的，那就是失禮。寫這種信必須用素箋，不能蓋紅色印章。

花朝長憶蛻園師 [1]

俞汝捷

故居

　　在上海武康路靠近湖南路的地方，巴金寓所的對面，有一條短短的弄堂，牌號是216弄。弄內原有三座建於上世紀20年代的花園洋房。如今一座已被隔出去成為某服務公司所在地；另一座曾是派出所的辦公樓，現在變成一般民居；第三座因花園內有一株玉蘭而曾被一位獨居的老人動情吟唱，可惜幾年前拆毀後原址已劃歸某賓館所有，玉蘭樹怕也早已凋枯或被砍伐了。

　　老人名瞿蛻園。80年代以來，隨著《李白集校注》、《劉禹錫集箋證》等有份量的古籍新版本的問世，以及《漢

---

[1]　這是文史學者俞汝捷先生的一篇舊作，回憶了作者青年時代師事瞿蛻園先生的所見所聞，材料鮮活，敘述生動，是目前有關介紹瞿蛻園先生生平和學術情況的文章中，最為全面、詳實的一篇文章，具有很高的史料價值。現經作者最新修訂，作為本書附錄刊出，以饗讀者。——編者註

魏六朝賦選》、《左傳選譯》、《古史選譯》等舊著的重印，他的名字重新為專業人士所熟悉。可是由於大部分著作尚未再版，而多數讀者又不知瞿宣穎、瞿兌之、瞿蛻園為同一人，因此即使在學術界，人們對他生平、學養的了解仍然很不全面。"文革"結束後，鄭逸梅曾多次在他的補白式回憶中談到這位故交，其中一篇《瞿兌之學有師承》將對象勾勒得尤為生動，只是用千字文來談瞿氏畢竟仍嫌太短。而在一些重版書的編者前言中，對作者的介紹就更為簡略，且有錯訛，如將"宣穎"說成筆名之類。這些都使我感到應該將自己青年時代師事蛻老的所見所聞憶寫出來，作為對逝者的一種紀念。

我想仍從他的故居談起。

蛻老原先住在五原路，與我家所住的安福路是兩條挨在一起的平行小路，步行10分鐘，即可來到對方門口。當我讀小學的時候，父親的客人來了，常常由我端茶，端完就離開；對於大人之間的談話，聽不懂，也沒有興趣；倒是客人的外貌容易引起我的好奇。譬如50年代也住在安福路的復旦大學教授徐澄宇，長鬚，長髮，長衫，配上一副銀絲邊眼鏡，形象十分特別，給他端完茶後我就會忍不住多看幾眼；但關於他的性格和厄運，說來話長，是需要另文回憶的了。

　　蛻老也留脣髭，冬天有時也穿長袍，但形象不古怪，所以最初沒有引起我的注意。到我進入高中，對古典詩詞產生濃厚興趣時，才開始留意父親同一些朋友之間的唱和。而蛻老的詩大都寫在花箋上，書法遒美，閒章也耐人尋味，故而格外令我喜愛，覺得讀他的詩稿乃是美的多重享受。大約在 50 年代中期，他由五原路遷居武康路。他住在底層面朝花園的南房。房前有個陽台間。房內除一張書桌、一條長沙發、一張經常掛著蚊帳的床外，觸目所見是沿牆書架層層堆積的線裝書。房角有一門通向朝北的小房，那裡住著一位老保姆，照料他的日常生活。"文革"抄家後，蛻老被從南房趕到北房，保姆則遣回原籍。

　　他在五原路的住宅，我沒有去過，想必十分寬敞，以致喬遷武康路後，他和來訪的友人都對新居有逼仄之感。鄭逸梅曾這樣描述："兌之晚境坎坷，所居窄隘不堪，戴禹修去訪他，有一詩云：'有客時停下澤車，入門但見滿床書。兩三人似野航坐，齋額應題恰受居。'我也到過他的寓所，同具此感。"其實，第一個用"屋小如舟"來形容此房的是蛻老自己。他搬家後作過四首五律，是當時心情的真實寫照。記得父親收到他的詩稿後，連續幾天都用很帶感情的腔調反覆吟誦。我也讀過多遍，很快就記熟了，現在原稿雖已失落，我還能一字不差地背下來，連詩前小序都背得：

　　自五原路移寓武康路，屋小如舟，賃廡之費，皆出問字金也。時值風雨之後，秋暑尚熾，即事書懷四首。

　　何適非吾土，聊思物論齊。市聲囂漸隔，詩夢醒還迷。閱世枯形剩，投林倦翮低。更無書籍賣，敝篋尚親攜。

　　兩年誠久假，三宿豈無情。雨壞垣衣色，風搜樹穴聲。去時何掛礙，來亦費徵營。與我同憔悴，秋花不肯榮。

　　半畝莎承屐，重行樹拂窗。靜知睡味好，暫遣客心降。促坐無賓榻，經時涸酒缸。舵樓催晚飯，真似住吳艭。

　　敢薄家人語，思為雜作庸。兒童厭占畢，老退荷寬容。適願成鷗泛，埋憂即蟻封。且祈殘暑盡，塞向更謀冬。

　　我那時求知慾旺盛，喜歡"轉益多師"，又喜歡把一位老師的作品拿去給另一位老師看，在他們的議論中獲取教益。上面這幾首詩我便帶給別的先生看過。一位是我的中學語文老師，姓高名飛，字安翔，係武漢大學中文系1938年畢業生。由於都酷愛古典文學，我們之間建立了超乎一般師生關係的友誼，而且維持了幾十年。那天去他家時，上海教育出版社的胡邦彥先生也在座。兩位先生都盛讚這幾首詩的功力，認為典故用得十分自然，如"塞向"出自《詩經·七月》的"塞向墐戶"（修砌朝北的窗門），用在這裡貼切而無痕跡。又如"三宿"典出《左傳》、《孟子》，而這裡取其"戀戀不捨"的引申義，由《後漢書·襄楷傳》的"浮屠不三宿桑下"、蘇軾《別黃州》的"桑下豈無三宿戀"直接化出，同時又與全詩情感融為一體，讀來甚有回味。

　　那時我已就讀於復旦大學中文系，有位住在復旦第二宿舍的董鐘林教授也是我常去請教的對象。矮胖的董先生是30年代從美國留學歸來的測繪學權威，他對科學的執著、對科學家人格和學術尊嚴的維護、對老伴的摯愛以及他的悲劇人生都留給我很深印象。他又作得一手好詩，與中文系的吳劍嵐教授時有切磋。那天我帶著自己的習作和蛻老的《移寓》詩前去拜訪。他先看我的詩，立刻不屑地丟在一邊；隨即用他的江西腔大聲吟誦起蛻老的詩來，之後說了很多表示欽佩的話，我特別記得的一句是："這同古人的詩已經不分軒輊了。"後來他才想起我的詩來，笑著說："等你將來老了要刪詩時，自己會把這詩刪掉的。"我現在已想不起來當初給他看的是甚麼詩，足見在我的記憶中該詩確已被刪除。

家世

蛻老原籍湖南善化，同我説話，用的是帶湘音的普通話；而同我父親交談，則兩人都説長沙話。蛻老大我父親六歲，似屬同輩人；但父親説他輩份高，曾要我呼他"太老伯"，他當時連連搖手，説"不能這麼叫"；我也覺得彆扭，以後便仍然稱他"蛻老"。第一次呈詩稿給他時，父親又讓我寫下"蛻園太世叔誨正"的上款。他看了又連説"不可"，拿起筆來將"太世叔"塗掉，在邊上寫下"吾師"二字，笑著説："以後就這麼寫，如蒙不棄的話。"

他的輩份究竟高在哪裡？我到今天也不太清楚，想來大概要追溯到兩家上輩在湖南的關係，但要找出他比我長兩輩的旁證倒並不困難，這裡可以試舉二例，由此還可順便談及他的家世。

　　一個例證是，在我家親戚中，有一位持獨身主義的曾寶涵女士，是從日本留學歸來的骨科醫生。因為同住上海，她又懂點婦產科，母親分娩時，她來幫忙接生過，所以彼此走動較勤。父母稱她"四姐"，我呼她"四姨"。她生於 1896 年，是曾國藩的曾孫女；而蛻老比她僅大 2 歲，卻是曾國藩的小女兒曾紀芬的女婿，——作為"四姨"的姑父，顯然長我兩輩。

　　曾紀芬的丈夫是歷任蘇松太道台，蘇、皖、浙巡撫的聶緝椝（字仲芳，湖南衡山人）。讀過唐浩明《曾國藩》的人，可能會對小説家筆下的這兩個年輕人留有印象。而在《辭海》條目中，聶氏作為恆豐紗廠的創辦人則被稱為"近代資本家"。瞿聶兩家的關係很密切。聶氏於 1911 年春去世。同年秋辛亥革命爆發後，新寡的曾紀芬帶著家人是與瞿家同乘一艘輪船從長沙避往上海的。不過我很少聽蛻老説起曾家的事。有次父親送他一塊當年曾國藩的備用墨，上面有"滌生相國拜疏之墨"幾個字，他笑著把玩了一會兒，也沒有多説甚麼。但我認為他同老岳母的關係也許不錯，理由是，《崇德老人自訂年譜一卷‧附錄一卷》的署名為"聶曾紀芬撰、瞿宣穎輯"；實際上多半是岳母口述，女婿整理。至於蛻老同夫人的關係則長期不睦，這也是他獨居在外的原因。他夫人名聶其璞，在家中排行第九。我小時隨父母去四姨家祝壽、吃飯，可能在客人中見過她，只是現已毫無印象。聽父親說，四姨站在她姑母一邊，對蛻老從無好評。

另一個例證是，"文革"抄家之前，我家牆上並排掛著四個鏡框，裡面分別為陳夔龍、朱孝臧、余肇康、陳三立等四位前清遺老自書的作品。對這四連屏我曾在拙文《夢中的真跡》中作過較詳細的回憶。這裡想說的是，四位作者均出生在 19 世紀 50 年代，比我祖父要大近 20 歲，題款時則都以對晚輩的口氣稱我祖父為"琢吾世兄"或"琢吾姻世兄"。其中曾任江西按察使的余肇康與蛻老的父親瞿鴻禨是兒女親家，推想起來，祖父比瞿鴻禨自然也要晚一輩。

瞿鴻禨字子玖，號止庵，人稱"善化相國"。對於這位活躍於清末政壇的軍機大臣，從《清史稿》到各種筆記、回憶錄（如劉成禺《世載堂雜憶》、徐一士《一士類稿》、溥儀《我的前半生》）多有記敘。高陽的小說《瀛台落日》更對瞿鴻禨、岑春煊與奕劻、袁世凱之間的鬥爭作過繪聲繪色的描述。在父親與蛻老的閒談中，晚清至北洋的掌故是涉及最多的話題，當然也會談到瞿鴻禨。由於當時我對這段歷史尚不熟悉，當他們不用姓名而用字號、綽號、籍貫稱呼一些人時更反應不過來，所以現在印象較深的仍是與慈禧、光緒相關的幾件事：

　　一是慈禧重用瞿鴻禨，除了他辦事幹練之外，還因他的長相酷似同治皇帝。對於中年喪子的西太后來說，與這個忠心的臣下相對，別具親切之感。此事似乎廣為人知，故瞿鴻禨去世後，馮煦贈他的輓聯有"音容疑毅廟"之句，蓋同治的廟號為"穆宗毅皇帝"。我見過瞿鴻禨的照片，鬚髮皆白，很難與畫像中青春年少的同治聯繫起來，倒是一看就知與蛻老為父子關係，但他不戴眼鏡，雙目比兒子有神，難怪康有為的《敬題瞿文慎公遺像》有"岩電光芒爛有神"之句。

　　二是慈禧知道瞿鴻禨不進肉食，宮中賜宴時，會關照御膳房專門為他做幾樣素菜。聯想到蛻老也不愛吃肉，我曾問他是不是"遺傳"？他說"有一點"。

　　三是瞿鴻禨曾將他祖父瞿岱所繪《自濟圖》及祖母湯氏所繪《分燈課子圖》送請慈禧、光緒"御覽"。慈禧在畫上題了"耀德昭媺"四個字。光緒則題七絕一首："自濟兼懷道濟忱，畫堂宵課惜分陰。象賢有後傳家學，述德毋忘世守心。"瞿鴻禨感激之餘，又將他祖父所繪《寫生十六冊》贈與皇室，隨即被收藏在勤戀殿中。作為回報，慈禧親筆繪了一幅紅梅送給他。

　　四是慈禧能寫大字。身兼外務部尚書的瞿鴻禨曾陪同各國使臣參觀紫禁城，"瞻仰"了光緒的寢宮養心殿。慈禧則當場書寫"壽"字，"字大逾丈"，贈與每位使臣各一幅。我曾問蛻老，慈禧書畫水平如何？他笑著搖頭："皆不足道。"

關於瞿鴻禨的父親瞿元霖，我以前所知不多，前些年翻閱陳寅恪詩集，在七律《寄瞿兌之》中，讀到"論交三世今餘幾，一別滄桑共白頭"之句，經過研考，始知瞿元霖與陳寶箴為同科舉人，且有深交。至於瞿鴻禨與陳三立、蛻老與陳衡恪、陳寅恪之間的友誼則從彼此的詩文皆可看出。特別是瞿鴻禨晚年曾請陳三立代為刪詩；其詩選遺墨付梓時，沈曾植、余肇康、陳三立曾分別為之作序，而陳序寫得尤帶感情。

生平

在我工作單位的草坪邊緣，有一排與雪杉相間而種的玉蘭樹，平時不太顯眼，須到早春二月，才突然開放出大朵大朵雪白的玉蘭花。這時經過樹下，我總會想起蛻老，想起他故居園中的玉蘭，想起他一生的起伏，想起他晚景的悲涼。

蛻老喜愛玉蘭，除了愛它的淡雅皎潔、衝寒早放，更因為它與自己的生日相聯繫。我很長時間都不清楚蛻老的陽曆誕辰，卻很早就知道他的陰曆生日。不記得是哪一年，我偶爾向他說起，我別號"潮生"，是因為生日恰逢八月十八——錢塘江觀潮的日子。他答道，"你同潮神一天生日；我同花神一天生日。"接著又笑補了一句，"同林黛玉一天生日。"我從此記得這個日子——二月十二花朝。而他園中的玉蘭每年趕在花朝時節開放，對於蟄居小屋的老人自是一種安慰。

蛻老雖愛玉蘭，詩中詠及此花時情緒卻很消沉；或者也可以說，他晚年的自壽詩都寫得悲觀淒涼。譬如——

未甘病後全疏酒，但覺春回懶賦詩。年去年來當此日，漸行漸近是歸期。

衝寒行見玉蘭開，歲歲頻邀屐齒來。池水料難吹皺起，又牽殘夢鎖樓台。

這二首詩可能作於 1966 年。"池水"句顯然由馮延巳的"吹皺一池春水"化出。儘管那時他已很難感覺到春天的美好，但心中仍有"殘夢"縈繞。他的"殘夢"是甚麼呢？我不能臆測，但我以為任何人的夢想總與平生遭際相關。

　　蛻老一生所住時間最長的地方是長沙、北京、上海。從這三處地方或許可以對他的舊夢作番追尋。

　　蛻老生於 1894 年 3 月 18 日（這個日期是我據陰曆生日推算出來的），少年時代在長沙度過。他當然進過私塾；除熟讀四書五經外，對《說文解字》也在張劭希的指點下通讀過。出於對近代史的無知，我曾問過他一個愚蠢的問題："您為甚麼不參加科考呢？""我 12 歲時科舉已經廢除了。"我這才悟到科舉是在光緒三十一年（1905）廢除的，與辛亥革命無關，而蛻老說的 12 歲是虛歲。好像正是在 12 歲那年，他考進北京的譯學館，主修英文。兩年後瞿鴻禨在政爭中失敗，開缺回籍；蛻老畢業後也回到長沙，一直住到辛亥革命爆發。

　　長沙的生活是一段美好的回憶。每逢蛻老與我父親談及長沙往事，兩個人都會興致勃勃。可惜我從未去過長沙，對於他們的談話內容也難以形成記憶。留有印象的一件事是，辛亥革命 50 周年時，蛻老在《新民晚報》發表《湘水吟》七絕二首，在"重開氣象天心閣，百級高騰五十秋"句下自注："天心閣為長沙城南門樓。"父親讀後曾向他指出："你記錯了，天心閣是天心閣，南門樓是南門樓。"

　　瞿鴻禨在長沙的故居十分宏敞，邸中有息舫、虛白

豨、湛恩堂、賜書堂、柯怡室、扶疏書屋等建築，而尤為
著名的是超覽樓和雙海棠閣。前者為瞿鴻禨的書齋；後者
為蜕老少時讀書處。在我保存的蜕老詩稿中，有些箋紙便
印有"超覽樓稿"四字。對於這段生活，蜕老在《故宅
志》中作過描寫："一生所得文史安閒之樂，於此為最。每
當春朝暢晴，海棠霏雪，曲欄徙倚，花氣中人。時或桐蔭
蘚砌，秋雨生涼，負手行吟，怳若有會。"這樣的讀書環
境真是不可多得。我不能確定的是故居的地址。據鄭逸梅
《瞿兌之學有師承》一文説，該宅位於長沙朝宗街。而在陳
寅恪《寄瞿兌之》一詩的自注中卻寫道："丁巳秋客長沙，
寄寓壽星街雅禮學會，即文慎公舊第也。"不知何説為是？

　　還應提及的是，正是在長沙，蜕老師從了王闓運、王
先謙、曾廣鈞等名宿，這對他學問的奠定及後來的發展具
有重要影響。

　　北京是蜕老最熟的地方。除曾在此就讀譯學館外，北
洋時期他曾任國史編纂處處長、國務院秘書長等職；北伐
後直至抗戰勝利他曾任南開、北師大、燕京、輔仁等校教
授。即使在南開任職時，他也保留著北平的住宅；那裡因
為也有兩棵海棠而勾起他的鄉思，於是他稱京宅為後雙海
棠閣。而構成他一生污點的是淪陷時期當過北大監督。關
於他那時滯留北平的原因和經過，我從未聽他談過；只是

從他的舊作中讀到“暫學鳧依渚，初逃雁就烹”一類詩句，猜想他或許受到過日本人的脅迫；而從我後來了解的他的性格來看，他是經不起威嚇的。

談起北京的歷史掌故、風土人情，蛻老可謂如數家珍。他著有《北平史表長編》，也寫過《北遊錄話》這樣娓娓動人的長篇導遊散文。青年時代我沒有去過北京，每每聽了他的描述而心馳神往；也正是從他那裡知道了劉侗的《帝京景物略》、孫承澤的《春明夢餘錄》、朱彝尊的《日下舊聞》。後來我在北京住過 8 年，對於京城掌故卻仍舊不甚了然；而且在我接觸的“老北京”中似乎也無人能像蛻老那樣熟諳一切。究其原因，我想還是在讀書和觀察兩方面都難以達到他的境界。

蛻老在上海的生活分為前後兩段。前段從辛亥革命舉家遷滬開始，大約住了 10 年左右，那是他的求學時期。他先後就讀於聖約翰大學和復旦大學。值得一提的是，五四運動中，他是上海的學生代表。那時成立了學生聯合會，他擔任文牘，學聯章程以及各種文稿大都出自他的手筆，這在許德珩等人的回憶錄中均曾談到。1961 年我考進復旦中文系後，他曾半開玩笑地說：“我們是同學了。”我曾問過他為甚麼五四運動中他會被選為代表？他很平淡地說：“主要是考慮到我能用英文直接同外國人對話。”

　　後段即 1949 年後，蛻老一直住在上海，靠寫作為生。據他告訴我，齊燕銘來上海，曾對有關領導說："瞿蛻園、陳子展還是要用的。"可能正是因為這句話，陳子展被很快摘去右派帽子，而蛻老則成為徐匯區政協委員（據金性堯《伸腳錄》所云，則齊氏關心的另一人為譚正璧，而非陳子展）。他那時的收入來源有三：一是作為特約編審，中華書局上海編輯所每月付他 100 元；二是香港文匯報每月寄給他 100 元港幣，按照當時比價，約合人民幣 40 元；三是各種零星稿酬。應該說生活還過得去。"文革"開始後，中華書局的錢和零星稿酬都沒有了，香港《文匯報》的匯款也常被扣住，生活頓形拮据。1968 年他虛歲 75 時曾作詩慨歎："百年已過四分三，世事何曾得稍諳。自顧皮囊真可擲，即無廩祿亦懷慚。"

　　回憶蛻老晚年，我總會想起龔自珍的"避席畏聞文字獄，著書都為稻粱謀"。關於他失去稻粱謀的權利、終於被捲進文字獄的經過，後文還要詳談。

著作

　　蛻老原名宣穎，字兌之。在我懂得名與字的關係即《儀禮·士冠禮》所謂"冠而字之，敬其名也"後，曾問父

親："宣穎"與"兑之"有甚麼關係呢？父親説，"穎"字
取"尖鋭"之意，所以蜕老小時字"鋭之"；稍長後覺得自
己不屬於"錐處囊中，脱穎而出"的性格，這才改字"兑
之"。我後來讀蜕老的一首五言排律，内有"如錐安蹇拙，
挺節讓峥嶸"之句，表達的正是一種雖有鋒芒而不求畢露
的處世觀。至於蜕園這一别號則是抗戰勝利後才開始使用
的，意在懺悔自己走過的彎路，表示要如蟬蜕般告别舊
我。他虚歲 70 那一年，我在他家牆上看到葉恭綽賀他生日
的兩首《採桑子》，第一句便是"蜕園往事都成蜕"。

我進入復旦後，出於青年人的好奇，曾在校圖書館
的人名索引中查檢，發現他的著作，三種署名都有；而在
"瞿"姓作者中，他的書是最多的。這次為了寫回憶文章，
我又去上海圖書館查閲，結果如下：

署名"瞿宣穎"的有 12 種：

《中國社會史料叢鈔》；

《同光間燕都掌故輯略》；

《方志考稿》；

《北京歷史風土叢書》第一集；

《北京掌故》；

《北平史表長編》；

《崇德老人自訂年譜一卷‧附錄一卷》（聶曾紀芬撰、

瞿宣穎輯）；

《長沙瞿氏家乘》十卷；

《長沙瞿氏叢刊》四種；

《憶鳳樓哀悼錄》（徐詠緋輯）附《徐君妻錢夫人墓碣》（瞿宣穎撰）；

《先文慎公奏稿》一卷（瞿鴻禨撰、瞿宣穎鈔本）；

《先公庚辛家書》一卷（瞿鴻禨撰、瞿宣穎鈔本）。

署名"瞿兌之"的有 7 種：

《人物風俗制度叢談》甲集；

《兩漢縣政考》；

《秦漢史纂》；

《漢代風俗制度史》前編；

《杶廬所聞錄養和室隨筆》；

《燕都覽古詩話》；

《溈寧詩選序目》。

署名"瞿蛻園"的有 12 種：

《古史選譯》；

《左傳選譯》；

《李白集校注》（瞿蛻園、朱金城校注）；

《劉禹錫集箋證》；

《漢魏六朝賦選》；

　　《通鑒選》；

　　《史記故事選》；

　　《漢書故事選》；

　　《後漢書故事選》；

　　《長生殿：戲曲故事》；

　　《補書堂文錄》；

　　《劉禹錫全集》（校點）。

　　由這個目錄可以知道上海圖書館的收藏尚不完備。譬如我在復旦圖書館借閱過的《楚辭今讀》，我聽說過而從未獲睹的《北平建置談薈》，該館似乎均無。又如我的藏書中有《古今名詩選》（瞿兌之、劉麟生、蔡正華輯注，全四冊，商務印書館 1936 年初版）、《學詩淺說》（瞿蛻園、周紫宜合著，香港上海書局 1964 年 2 版）、《銖庵文存》（瞿兌之著，遼寧教育出版社 2001 年 1 版），該館也都闕藏。此外，蛻老還有一些著作收在叢書中，如《中國駢文概論》收在《中國文學八論》（世界書局 1936 年初版）中，《汪輝祖傳述》列入民國叢書第三卷（上海書店 1996 年影印），《杶廬所聞錄故都聞見錄》列入民國筆記小說大觀第一輯（山西古籍出版社 1996 年第一版）；還有許多文章、詩詞沒有結集，當然在上述目錄中也反映不出來。

　　蛻老為人謙虛，無論在史學、文學、書畫或其他方面，我從來沒有聽他說過一句自誇的話，而實際上他在多個領域都卓有建樹，他的多數舊著都具有再版價值。譬如，他對漢史下過很深的工夫，這可能與早年所受濡染相關，蓋瞿鴻禨撰有《漢書箋識》；而他的老師王先謙也曾肆力《漢書》，所作補注，被譽為"奧義益明，《地理》一志尤為卓絕。自是讀《漢書》者人手一編，非無故也。"（楊樹達《〈漢書窺管〉自序》）有次我去他家，看到桌上有封從香港轉來的台灣來信，一問，他說："錢賓四的信。據說台灣的大學還在用我的秦漢史講義。"說這話時，眼中露出欣慰的神情。所謂"講義"大概指的是 1944 年由中國聯合出版公司出版的《秦漢史纂》。慚愧的是該書我迄今未曾讀過，所以儘管曾多次聽蛻老談文景之治，談中國歷史在漢代的關鍵性轉折，我卻不敢在此妄加複述，惟恐歪曲了他的原意。很巧的是，前不久偶爾在網上讀到一篇介紹已故東北師大歷史系教授李洵的文章。文中寫道："瞿兌之先生家學淵源，曾給李洵教授秦漢史，很有見解。給他深刻的印象是瞿先生當時在整理地方志，用功頗勤，對青年學生，有問必答，答必詳盡。"這是對蛻老 40 年代教學情況的簡單而真實的介紹。至於他對地方志的研究，我也不敢妄評，而願意引用來新夏《中國地方志總目提要》序言中的一段話來說明："編制提要目錄確為一項繁重工作，前人曾有部分試作。1930 年，方志學家瞿宣穎所著《方志考稿（甲集）》由大公報社出版，是中國最早一部私家方志提要目錄專著，主要著錄天津方志收藏家任鳳苞天春園所藏方志 600 種，逐一辨其體例，評其得失，志其要點，錄其史料，為學術含量頗高之目錄學專著。"此外，他的《志例叢話》也是方志學領域的重要著述。

　　蛻老更為人注意的可能是在掌故學方面的成就。現代治掌故者不少，最具功力的有三人，即徐一士、黃濬（秋岳）和蛻老，他們的共同特點是博聞強記、胸羅極富而又善於研究分析。徐、黃二人的著作均請蛻老審讀和作序，則充分反映了他們對蛻老學養的信服和敬重。而蛻老的序言不僅對《一士類稿》和《花隨人聖庵摭憶》予以評價，更對掌故學的研究對象、範圍、任務、方法和個中甘苦作清晰的闡發。竊謂到目前為止，有關掌故的理論探討依然罕見，讀《〈一士類稿〉序》仍有空谷足音之感。至於蛻老自身的掌故學，較之徐、黃，又有所區別。除了著述更豐、分類較細之外，作為史學家，他善於將掌故學的成果運用於專題史（如地域史、風俗制度史）的研究；作為詩人，他的《燕都覽古詩話》又能創造性地以詩配文的生動形式來談掌故。此外，徐、黃均以文言寫作，而蛻老則有文言、白話兩副筆墨，後者顯然更能為一般讀者所接受。

詩詞

上世紀五六十年代，像蛻老和我父親這樣的老人，除了讀書，生活中可供消遣的事不多，於是互訪聊天、作詩填詞就成為一種樂趣。有意思的是，他們都不約而同地把自己的詩分為兩類，一類作為"稻粱謀"，是準備投給報刊發表的；另一類則是寫來自我欣賞，或在友人中互相傳閱的。前一類詩沒有甚麼個性特色，也看不出特別的功底，所以見報之後彼此通常都不提及，更不會去唱和。後一類詩才見出各人的才情與風格，見出特殊時代一些文人真實的心聲。可惜的是，經過十年浩劫，這類作品大部分已片紙無存。1964 年前後，蛻老手抄歷年所作部分古近體詩，裝訂成四冊；我曾借來讀過，歸還後又被一位胡溫如老太太借去閱讀。胡係安徽巢縣人，早年在上海美專學過山水畫，亦能詩詞，與蛻老和我父親均有唱和，因能寫一手《靈飛經》小楷而曾替蛻老謄抄過書稿。20 年前我去上海探訪她，問起蛻老的四冊詩稿，怕是年老健忘的緣故（其時她已 90 歲），她已回答不清：似乎曾被抄走，卻又意外發還，但已不在她處，可能送給某個晚輩去作紀念了。

我是 50 年前讀的詩稿，對具體內容已無法詳述；手邊留有若干蛻老的詩詞手跡，也難以反映其創作全貌；這裡還是只能就具體的接觸來作些回憶。

　　大約在讀高二時，我弄懂了詩詞格律，開始嘗試寫作。當時對詞尤其是小令的興趣甚濃，處女作便是一首《阮郎歸》；而每逢前輩們對自己的習作有所肯定，積極性就更調動起來。我曾向蛻老請教小令的作法。他認為我還年青，所以詞中不要作悲愁語，不要“為賦新詞強說愁”，而要寫得輕鬆、美麗；也不要像作詩那樣用典，僻典尤不可用。此外，意思的表達總以含蓄蘊藉、半虛半實為宜，不能太直白，要經得起玩味。我想讀他的小令，他便錄了一首堪稱“輕鬆、美麗”的《臨江仙》給我。這張彩箋我還珍藏著，其詞如下：

　　　　六十九番春好在，番番催動芳華。白頭猶得醉流霞。風香懷杜若，水色映桃花。最是江南留客駐，絲楊綠到天涯。惝惝情味屬詩家。一雙新燕語，十二玉闌斜。

　　1960 年，蛻老與李菰畦、周紫宜等用“煙”字韻作《浣溪沙》，反覆唱和，後出油印本，題為《春雨集》，由蛻老作序，曾送我一本。我很羨慕他們疊韻酬唱的本領；讀了蛻老的序，更羨慕他駢文的功力，但也明白自己永遠都別想寫出這樣的文字來。其序略云——

　　庚子之春，淹病不斟，朋歡頓寡。三月恆陰，
一樓坐雨，意苦遼落，思益渺綿。重帷暫褰，煮茗
則枯腸結轖；殘編偶拾，過字則倦目菅騰。粗足慰
情，託之理詠，爰依舊韻，疊成短章。不同真逸，
徒玩山中之雲；每笑偏弦，敢附花間之調。友紀二
三，喁於往復，或連類而寓興，或莫逆而相咍。
翰簡迭輸，賞析忘勤，亦一時遊處之跡也。嗟夫去
日，空撫流塵；對此新韶，詎躅生意？念逢辰之共
慶，願陳力而未由。諸君服勤春社，散帙晨軒；
乘暇抽思，傾懷破寂；同兹善感，使我移情。邇者
溝瞀未袪，昏瞀逾甚。龍樹之方無靈，文昌之疾將
殆。廢書何歎，與時偕行；轉益泊然，惟期永好。
輒寫諸篇，裒為一集，顏以《春雨》。

　　這次唱和的發起人李蔬畦我沒有見過。從他詞中的一
個自注看來，似乎蛻老曾有意“別創新詞體”而並未付諸
實踐，“近作詠杜鵑花詞仍用《鷓鴣天》調，持論殊不堅”，
於是他加以戲謔：“見說流霞替暝煙，映山紅護夕陽邊，尋
聲猶是《鷓鴣天》。新釀何妨儲舊窖，繁英無數弄春妍，

老懷脈脈擁詞仙。"

談起《鷓鴣天》，不由想到蜕老曾告訴我，該調的首句、第四句和末句均為"仄仄平平仄仄平"，因此可以連作三首，而將前人的一句詩分別放在這三個地方，讀來甚有趣味。他舉例說，樊增祥就曾將白居易的"露似真珠月似弓"衍為《鷓鴣天》三闋。我問："這不是同轆轤體詩一樣了嗎？""正是。"後來我曾仿照這種形式作過多組《鷓鴣天》。

關於蜕老的"持論殊不堅"，我也有體會。譬如他曾告誡我，和韻之詩不宜多作，而他同我父親卻用"黃"字韻作七律唱和，直至"四疊前韻"；《春雨集》中，他更疊韻作《浣溪沙》達 15 首之多。又如他認為仄韻律詩在唐以後少有人作，也勸我別學，可是他的《秋日行遊園林，雜詠所見卉植五首》，末首即為仄韻五律：

　　婉婉黃葵衣，垂垂紫蓼佩。水花輕自搖，風竹交相礙。偃仰坡陀間，參差姝麗態。眼中故國樓，一碧瀟湘對。

清人項廷紀有云："不為無益之事，何以遣有涯之生？"蜕老的有些詩也是帶消遣性質的。而對於學生時代的我來説，則凡屬新鮮的體裁、寫法，都樂於一試；以至多年後當我以詩配文的形式為《程十發書畫‧歷史人物》作序時，還不忘在 9 首七律之外有意安排了一首仄韻詩《李憑》："李生鬼句驚風雨，程公神筆添佳趣。欲使箜篌光彩生，遂令李憑男化女。石破天驚紙上聲，龍奔蛇走毫端舞。一夕清光月滿樓，觀君斯畫俗塵去！"此詩採用了失對、失黏的寫法，所以不能算是仄韻七律，倒像是一首採用律句的七古。

蜕老早年師從王闓運（字壬秋，號湘綺）。由於我祖父做衡陽道道台時與王氏有過交往及唱和，"文革"前家中也掛過王撰的對聯，所以當父親與蜕老談及這位富於傳奇色彩的老人時，我總是很感興趣地傾聽，有關湘綺樓的種種軼聞包括周媽的故事也都耳熟能詳。印象中蜕老對自己老師的評價平實而客觀，從無溢美之詞。我曾問及王氏在詩史上的地位。他説，湘綺翁是近代湖湘詩派的領袖，所作《圓明園詞》在當時很有影響，被認為可以追步元稹的《連昌宮詞》；但詩中涉及很多近代史實，須讀作者的自注方能弄清。我問他如何看待王氏詩宗漢魏六朝的主張。他説："學詩從漢魏六朝入手是對的，這樣容易顯得氣息深厚、骨力雄健；但把擬古當成目的就錯了。文藝創作貴在寫出自己的真情實感；一味摹仿，仿得同古人一模一樣，不是沒有自己的面目了嗎？照我看，湘綺翁寫得最好的並非刻意摹擬之作，而是那些不經意寫出，卻能見出真性情的作品。"

蛻老撰有《晚抱居詩話》（未出版），曾用一種從故宮流出的帶脆性的深黃色紙為我書寫過 10 頁。《詩話》對上述"不經意寫出"的觀點屢有發揮。譬如在論及前述樊增祥所作三首《鷓鴣天》的優劣時，便認為第三首因含故實而"轉似稍遜，蓋詩詞畢竟以偶然寄興為佳，不必實有所指也"。

除詩話以外，蛻老還曾以七絕形式，評論《全唐詩》中的部分詩人，大概作了數百首，可惜都已抄沒、毀滅，否則會是一本別具特色的以詩論詩之作。如今能夠約略體現其詩學觀點的只剩下與周紫宜合著的《學詩淺説》。周氏名鍊霞，字紫宜，是很有才華的詩人兼畫家。我還讀過她 40 年代寫的短篇小説《佳人》，也頗富靈氣。而《學詩淺説》主要由蛻老執筆。該書屬於普及讀物，卻因作者本人對詩詞有著極深的功力和識見，故無論談詩的結構與形式、鑒賞與誦讀，還是談詩的發展與流派、寫作途徑與方法，都顯得既平易親切，又遊刃有餘，讀後有豁然開朗之感，拿來與現在書店中名目繁多的同類書一比，天淵之別立顯。後者往往自身都不知平仄為何物，就要來告訴別人如何賞析；恰如一個不會走路的人，卻要指導別人如何跑步，怎能不七拼八湊、捉襟見肘呢？

蛻老性格溫和，循循善誘。給我印象很深的一件事是，他主張學詩要從五古入手，而後再學五律，而後是七律，最後再學七古。至於絕句和排律，在學律詩的過程中會自然涉及。這與他評價王湘綺時的觀點完全一致。而我是從學小令起步的，進入詩的領域後，很自然地偏愛律絕，忽視五古。對此蛻老頗不以為然，但他只是從正面闡述道理，沒有說過一句尖銳的話。直到 1962 年，我請他題寫扇面，他才有意摘抄了幾段顧炎武的文字，其中一段是：

> 近日之弊，無人不詩，無詩不律，無律不七言。七言律法度貴嚴，對偶貴整，音節貴響，不易作也。今初學小生無不為七言，似反以此為入門之路，其終身不得窺此道藩籬無怪也！

錄完之後，他寫道："顧氏《日知錄》中論詩文語皆正大，輒為潮生世兄錄之。"現在我已年逾 70，而詩依然寫得膚淺、幼稚，除才力、學問不濟外，一個重要原因是當初未能遵循蛻老的指點而在學詩路徑上有所偏誤。

書畫

蛻老從不以書畫家自許，而觀賞過他書畫的人莫不讚歎備至；特別是他畫跡不多，得者更其珍愛。這裡為敘述方便起見，擬將書法和繪畫分開來談。

"文革"前的報紙，發表今人手跡是有講究的；除了看作品，更要看作者的身份。譬如北京報上，郭沫若的墨跡屢見不鮮；而葉恭綽有時也發表詩詞，卻從未見手跡影印出來。直到80年代中期，一個偶然的機緣，郭、葉的書法遺作才被並排登在《光明日報》上。雖然兩人均對顏字下過功夫，但放在一起，郭字立刻顯得遜色，這是稍懂欣賞的人一眼就可看出的。

在上海，以手跡見報最多的是沈尹默。這裡除書法本身的原因外，沈作為中央文史館副館長、全國人大代表，身份也夠格。而蛻老雖常在報上發表詩詞，卻至多在標題上被影印幾個字。譬如1958年歲尾，《新民晚報》刊出他的《迎年詞——〈減字木蘭花〉十首》，"迎年詞"三字便是他的手跡。這説明編輯儘管欣賞他的書法，在影印問題上也只能適可而止。

　　然而沈尹默與蛻老是彼此敬重的。據我所知，前文提到的胡溫如與沈夫人褚保權是舊交。大約在 1963 年或 1964 年，沈向胡表示，他與蛻老早年在北京就相識，多年不見，思謀一晤。蛻老聽説後，便帶上一包茶葉去沈家拜訪。兩人交談甚歡，沈並將所撰《歷代名家學書經驗談輯要釋義》一稿請蛻老帶回去審改。事後沈與胡談起這次會見，對蛻老的學問深表歎服。這些都是胡親口講給我聽的。

　　他們的書法也曾並排出現，但不是在報上，而是在胡溫如的一本冊頁上。也是 60 年代，胡請一些友人為她的空白冊頁題詞。第一位是蛻老，先畫一幅紫藤，接著以行草書寫七律二首，我還記得開頭兩句是："左女詩篇越女箏，女床今見彩鸞停。"（按"箏"、"停"不在同一韻部，我的記憶可能有誤）第二位是沈尹默，先以行書錄寫一首舊作《定風波》，後面又繪了一幅竹子。第三位是褚保權，她書寫的是沈尹默的舊作《南歌子》。第四位是我父親，專門為胡作了兩首七律，我只記得其中一聯是："虛懷互契軒臨竹，同氣相忘室蘊蘭。"父親嫌自己字醜，便另請上海市文史館的陳堯甫書寫。陳是前清舉人，名毅，解放後不願與市長姓名相混，遂以字行。他以回腕寫顏體，殊見功力。第五位是龍榆生，寫的是兩首《蝶戀花》。70 年代末，經夏承燾先生介紹，其女龍順宜曾來函向我詢問龍的遺作情況；我剛好去滬出差，便去胡宅將兩首《蝶戀花》抄下來寄給了她。可惜當時複印機尚未普及，否則可以整本複印下來；而現在該冊頁不知由胡的哪位後人收藏著，恐怕很難公諸於眾了。

當時看過這本冊頁的人，都認為沈、瞿書法風貌不同，而放在一起旗鼓相當，詩詞並臻佳妙，堪稱珠聯璧合。第三位褚保權的字也不錯，而且據說 1961 年加加林遨遊太空之際，由褚謄抄的沈作《西江月》一首，曾被報社誤認為沈的手跡而影印發表。但在這本冊頁中，與前二位相比之下，其字還是稍遜一籌。

鄭逸梅談及蛻老的書法，說過一句很有見地的話："古人所謂'即其書，而知其胸中之所養'，不啻為兌之而發。"由此想到，當代書壇一些名家、博導的字，看來看去難脫匠氣，並非全無功夫，實在是胸無學養所致。

有一年，我向書法家吳丈蜀先生出示蛻老的詩稿。吳老當時兼任《書法報》社長，讚歎之餘，對我說："現在上海沒有第二個人能寫這樣的字，你最好把它發表出來，讓某某某之流知所收斂。"對這"某某某"他是點了名的；

但未徵得他同意，我也不便公開。

　　蛻老的書稿都用毛筆行書寫成。他用毛筆，比我用鋼筆寫字還快。如果有關出版社還保留著他的著作原稿，將來會是一筆不斷增值的財富。

　　我見過的蛻老所寫最小的字是《般若波羅蜜多心經》。三年災害時期，不知出於甚麼原因，他用一種我叫不出名目的灑金箋紙，以極小的正楷抄錄《心經》。小到甚麼程度呢？拿我們常用的稿紙來說，每格可容下4個字，一張箋紙就可抄下整篇《心經》。那天我去他家，看見窗台上焚著一支香。他剛抄完一張，對我說："這張就送給你。"我注意到落款寫的是"蛻園居士焚香恭書第二十六通"。我問他準備抄多少遍，他伸出一個指頭說："一百通。"

　　我見過的蛻老所寫最大的字是1960年分別為我父、兄和我寫的匾額。為父親寫的是行書"延紅館"三字，跋語為："萊山二兄以此顏其居，有味哉！"其實父親取此齋名，不過因窗前有幾株紅蓼開得煞是可愛罷了。為我哥哥寫的是篆書"俞林"二字，這是哥嫂的姓，合起來又似有別解。為我寫的是草書"海若樓"三字，那是我年少氣盛時為自己起的齋名。三幅橫匾均於1966年"掃四舊"時被抄沒。

蜕老的隸書，目前能見到的是《漢魏六朝賦選》的封面題簽。寥寥六個字，仍足以體現風貌的古樸、骨力的蒼勁。

蜕老寫得最多的是行書，其次是草書和真書。我手邊殘存的他的墨跡，這三種書體都有；除詩稿之外，還有他用真草二體臨寫的智永《千字文》。將來如有機會出版他的手跡，這些原件都可提供出來。

說到繪畫，我想從齊白石談起。在《白石老人自傳》裡，曾兩次提到 1911 年清明後二日在瞿鴻機家的詩人雅集——

> 宣統三年（辛亥·一九一一），我四十九歲。……清明後二日，湘綺師借瞿子玖家裡的超覽樓，招集友人飲宴，看櫻花海棠。寫信給我說："借瞿協揆樓，約文人二三同集，請翩然一到！"我接信後就去了。到的人，除了瞿氏父子，尚有嘉興人金甸臣、茶陵人譚組同等。瞿子玖名鴻機，當過協辦大學士、軍機大臣。他的小兒子宣穎，字兌之，也是湘綺師的門生，那時還不到二十歲。瞿子玖做了一首櫻花歌七古，湘綺師做了四首七律，金、譚也都做了詩。……當日湘綺師在席間對我說："瀕生這幾年，足跡半天下，好久沒給同鄉人作畫了，

今天的集會，可以畫一幅《超覽樓禊集圖》啦！"
我說："老師的吩咐，一定遵辦！"可是我口頭雖
答允了，因為不久就回了家，這圖卻沒有畫成。

民國二十七年（戊寅・一九三八），我七十八
歲。瞿兌之來請我畫《超覽樓禊集圖》，我記起這
件事來了！前清宣統三年三月初十日，是清明後兩
天，我在長沙，王湘綺師約我到瞿子玖家超覽樓去
看櫻花海棠，命我畫圖，我答允了沒有踐諾。兌
之是子玖的小兒子，會畫幾筆梅花，曾拜尹和伯為
師，畫筆倒也不俗。他請我補畫當年的禊集圖，我
就畫了給他，了卻一樁心願。

這兩段回憶中，有幾件事值得一提。首先是談到蛻
老的師承，即曾向尹和伯習畫。尹氏的畫究竟如何，我無
緣一睹。但從蛻老的描述以及我後來讀到的文章中，可以
知道：一、尹大約出生在 19 世紀 30 年代，連曾國藩的長
子曾紀澤都曾向他學過畫，而教蛻老習畫時已年近八旬。
二、蛻老少時喜弄丹青而苦無良師；他後來的岳父聶緝槼
深賞尹氏的畫藝，於是為之引薦。三、尹教畫循序漸進，
先教如何擘箋加膠礬、如何取水滌器、如何配製各種顏

料，而後才談如何摹習，用現在的術語説，是一位重視材料學的畫家；而用他自製的顏料作畫，果然鮮潔無比。四、尹既精工筆，亦擅寫意，惟書法非所長，故很少在畫上題詞，有時則請蜕老代題。五、尹為人迂緩落拓，遭逢不偶，一生未享盛名；而蜕老進入中年後時常懷想這位老師，並為自己當年未能潛心習畫而感到有負於師。

其次，關於當年的那次雅集，在齊白石和蜕老心中都留有深深的印象，因此 30 年後白石老人還能憑記憶補畫出來，而雲樹樓台，恰似當時情景。我能補充的是，"文革"前我父親常用的一把摺扇，一面是女畫家陳思萱繪的在水草中游耍的兩條金魚；另一面是蜕老題的幾首舊作。其中一首記敘了這樁往事："當年湘綺冠耆英，憶到吾家共賞櫻。今日補圖還補句，可憐燕市望湘城。"據知該圖在裝裱時幾乎為裱工所賺，失而復得後又在兵亂中散失，後輾轉為朱省齋所得。蜕老受請，曾為之題一長跋。

其三，蜕老居京時期，經常去看望齊白石。1940 年老人 80 壽辰，蜕老撰長文以祝。文章饒富文采而對齊氏評價極高，姑引幾句如下——

　　　　山人之畫，亦天授，非人力。古人蹊徑，一掃而空。直以筆精墨華，致山川、煙雲、粉黛、毛羽之態於眼底。他人縱欲效之，已落第二乘禪矣。
當山人躡屐入都，睥睨公卿，有如野鶴翩然，集於
華廡，而未嘗一改其蕭疏出塵之致。翺遊春明數十
年，脫然聲氣之外，布衣蹁躚，如其初來，豈徒以
畫重哉。

　　而白石對蛻老的評價也不止於自傳中的一句"畫筆倒
也不俗"，而是每觀其畫，輒予嘉許，並曾為蛻老的梅花
圖題七絕二首：

　　　色色工夫任眾誇，一枝妙筆重京華。豈知當日
佳公子，老作詩文書畫家。

　　　圈花出幹勝金羅，一技雕蟲費琢磨。若使乾嘉
在今日，風流一定怪增多。

　　詩中"金羅"指的是金農（號冬心）、羅聘（號兩峰）；
通篇以揚州八怪為譬，足見評價之高。

　　蛻老曾為我父親畫過一幅墨梅扇面，題句為"畫梅貴
得清冷之味"云云；背面復題一首詠梅花的七古；經過抄
家，現已下落不明。而當年為我摘題《日知錄》的那把摺

扇，背面是一幅淡而雅的紅梅。題詞是："潮生吾友再索拙畫，聊復寫此。壬寅伏日蛻園。"此扇躲過一劫，至今仍在我手中。

通人

60 年代初，我有次去看蛻老，表示希望他能在國學入門方面給我一個系統的指點。他高興地說："好，我現在就給你寫。"隨即拿過宣紙、毛筆，幾乎不假思索地寫了起來。可能原來想用白話，故第一句中有個 "的" 字，而後來還是寫成了淺近的文言。這張宣紙我一直珍藏著，考慮到它對今天樂於從事國學研習的人也許不無裨益，特照錄如下：

"五經" 是不能不讀的，否則將來治古籍必隨時遇到難通之處。次序先《詩》、次《書》、次《易》、次《禮記》、次《左傳》。前三種要在認識其面貌，不必過求能解，但同時須略知經學源流，如《易》之漢晉兩派，《書》之今古文，《詩》之齊魯韓毛。《詩經》擇所好者略加諷詠尤為有益。《禮記》、《左傳》皆可選讀。

《説文》必須看，不但要知聲音訓詁，而且講書法必從小篆入手，顏柳歐趙在今日已流於俗套，非細玩晉唐人草書不能矯俗書之弊。草書直接由篆分而來，故多合於六書。凡字之美惡，不專在間架，尤重在用筆，非看古人手寫真跡，不能得法。

同時可看《通鑒》。不必專注重興亡大事，要能從史事看到各時代之社會背景。胡注頗多關於制度之説明，即無異於同時看《通鑒》。

朝代難記，若用公元作線索即不難。以世界重要史事與中國史相對照，更有全局在胸之勢。

《四庫全書總目》是一切學問總鑰，必須翻閱。將《漢書·藝文志》先看一遍尤佳。

《史記》、《漢書》二種不能偏廢，《史》宜選看，《漢》宜全部看，但不必太過細看。於馬取其史識，於班則取其史裁。

稍暇則宜略觀《文選》，方知文章流俗以及修詞使事之法，有可誦讀者，能上口一二篇最好。

以上是基本工夫，能做到即足以為通人矣。將來之精深造詣，則在乎自擇。例如子部之書即可作為第二步。

至於詩詞之屬，只可作為陶冶消遣，不是學

問。無論何種文學，若不積累學問與人生經歷，以兩者相結合，必難有成。

學問要識門徑，既得門徑，要能博觀約取，以高速度獵取知識，以敏銳眼光把住關鍵，即無往而不利矣。

對於像蛻老這樣多年任國學系教授且一生都在治國學的老人來說，寫這麼一份入門提綱可謂不費吹灰之力。而後來重讀提綱，讓我想到了兩個問題：一是通與不通；二是博與專。

提綱在講完"基本工夫"後，有一句話是"能做到即足以為通人矣"。我曾問蛻老：甚麼叫"通人"？他沒有正面回答，卻談起清人汪中的妙語。汪氏常說別人如何如何"不通"。一位鄉紳問道："照這麼看來，我肯定也屬於'不通'之列了。""不，你還不能算'不通'；再讀書三十年，可望列為'不通'。"我當時聽罷不禁失笑；但事後尋思，自己只怕也還沒有達到"不通"的境地。

由此又想起一件往事。一次，父親同我一起去觀看某個畫展，後向蛻老談及觀感時，對吳湖帆的畫尤表讚揚。蛻老聽後，沒有對吳畫發表意見，卻說了一句："吳湖帆文化不高。"我當時大感意外，因為在我的印象中，作為金石學家吳大澂之孫，吳氏家學淵源，而他本人在書畫創作和鑒定方面的造詣也為世所公認。後來我問父親緣故，父親笑道："聽說吳湖帆的許多詩詞都經周鍊霞潤色或代作。"於是我恍然明白，既然蛻老與周鍊霞合著《學詩淺說》，那麼對上述情節想必更為清楚。同時我又聯想到汪中的話，心想在不同的人眼中，通與不通多半也具有不同的標準。拿蛻老隨便冒出的一句"文化不高"來說，可能更多的人是連"文化不高"都算不上的。

由"通"又想到"博"。在我接觸過的前輩中，蛻老是最淵博的。在他身上，"通"與"博"緊密相聯。作為"通人"，他的精通遠遠超出上述提綱範圍，顯出真正的博大淵深；反過來說，惟其淵博，才使他打通了文史書畫的諸多領域。

蛻老青少年時期就興趣廣泛，詩詞文賦，琴棋書畫，均所涉獵。進譯學館後，主修英文，而又旁及法、德、俄、意乃至希臘、拉丁等文字。一次，曾國藩的長孫曾廣鈞與瞿鴻禨閒聊，認為這孩子過於雜而不專，於是瞿鴻禨又讓蛻老拜在曾氏門下。曾氏在晚清詩壇以致力西崑體著稱；而蛻老論唐詩，亦於李商隱青眼頻顧；從這一點說，可能與早年所受師教相關。但在興趣的駁雜方面，似乎並沒有因為師從曾氏而有所改變。其實，博與專並非只有對

立的一面；在博的基礎上於一個或若干門類作深層掘進，
也許比始終專於一門效果更佳。

從蛻老來看，在他廣泛的興趣領域，有些涉獵成績平
平，甚至只有業餘水準。譬如他認識工尺譜，少時跟母親
學奏古琴，也彈得不錯，但並未走上民樂演奏之路。又如
他對小說也樂於嘗試，曾幫張鴻整理、潤色、出版《續孽
海花》；直到 60 年代，還為香港文匯報撰寫連載小說《唐
宮遺事》；但他的專長顯然也不在這一方面。如果他在所有
的領域都是如此表現，那就只能說是博而不專了。而事實
上他卻在不少學科如前文已經提過的秦漢史、方志學、掌
故學等領域或有獨特的建樹，或有篳路藍縷的貢獻。他的
博並沒有影響專，而是為專的發展提供了厚實的基礎。尤
其是掌故學，很難設想一個興趣單一、知識面狹窄的人能
在該領域取得大的成績。這裡，還想補充的是，蛻老對於
職官志也素有研究，閒談中聊起歷代職官沿革，簡直如數
家珍。1965 年，中華書局重印道光年間黃編本《歷代職官
表》時，便特地請蛻老撰寫《歷代官制概述》和《歷代職
官簡釋》，附於表中。此外，據我所知，《辭海》中的官制
條目，大都出於蛻老之手，然而當《辭海》正式出版時，
他的姓名沒有在編寫人員名單中出現，看來這一成果是被
冒名頂替了。

　　蛻老雖然淹博，但也存在知識的"盲區"；確切地說，是觀點的"盲區"；那是在我進入復旦後發現的。當時給我們講授中國文學史的是王運熙、章培恆等青年教師。在知識層面上，我的收穫不大，因為相關內容在入學前幾乎都已熟悉。令我感到新鮮的是觀點。當時在學術刊物上常有各種觀點的爭鳴，雙方都引用馬恩列斯毛的詞句以證明自己正確。老師授課時，也每每會介紹對某一問題的不同見解。這些對我來說都是前所未聞，因為在我所接觸的老輩中，沒有人同我談過這類問題。有一次，王運熙先生在講授李白一節時，介紹了兩種對立的觀點，具體內容我已忘記，記得清楚的是我曾將該問題去請教蛻老。他聽後臉上露出一種奇怪的表情，似無奈又似茫然，然後搖頭說："不曉得。"他的確不曉得該如何回答。在他內心，一定認為這根本就是不值得一爭的問題。

交遊

　　蛻老性情隨和，樂於助人，又兼興趣廣泛，不乏幽默，所以平生交遊甚廣。可惜作為晚輩，我知道的情況實在不多，這裡還是只能就耳目所及，略述一二。

　　大約在 1963 年，蛻老曾去北京。返滬後我在他家看到一張照片，是他和朱啟鈐、章士釗的合影。他指著照片對我說：“你看，我們一個 70 歲，一個 80 歲，一個 90 歲。”他說的年齡略去了個位數，實際上章比他大 12 歲，而朱比他大 22 歲。關於朱啟鈐其人其事，書報所載甚多（還刊有周恩來去他家探訪的照片），無須我來重複。我想說的是，朱是蛻老的表兄，早年又是經瞿鴻禨舉薦踏上仕途的，所以兩家交往素密。朱瞿之間最有意義的合作則是在朱創立營造學會和中國營造學社時期。據《朱啟鈐自撰年譜》所記：“民國十四年乙丑創立營造學會，與闞霍初、瞿兌之搜集營造散佚書史，始輯《哲匠錄》。”說明早在 1925 年他們已經一起致力於這項工作。1930 年中國營造學社成立後，憑著對北京建置的熟悉，蛻老自然成為該社骨幹社員。

　　章士釗與蛻老是長沙同鄉，兩人的交誼維繫了一生。1925 年，在甲寅派與新文學陣營就文言與白話展開論爭時，蛻老曾在《甲寅週刊》發表《文體說》支持章氏，認為“欲求文體之活潑，乃莫善於用文言”。但他們後來的態度頗不相同：章氏始終固執己見，一輩子拒用白話寫作；蛻老則很快放棄成見，開始使用白話，而且用得十分流暢。在兩人晚年，學問方面的切磋一直不斷；包括《柳文指要》中涉及的問題，均曾交換意見。我在蛻老家中，多次看到書桌上放著章氏來信和詩稿。如果章氏的遺物保存完好，那麼從中必定也能找到蛻老的函件和詩箋。直到"文革"前夕，章氏還來信向蛻老商借幾本書，我只記得其中一本叫《儉德堂集》。遺憾的是，我沒有翻過該書，而且直到今天也不知道那是本甚麼書。

這裡還想順便提一下章士釗的私人秘書章蓉君。她是章太炎的侄女，國學根底、詩詞修養俱深。我記得有些給蛻老的信是她寫來的。"文革"開始後，章士釗很快受到保護，而她則不能倖免，被勒令在章家院中掃地。多年後我讀到了她作的《掃門人二首》：

> 掃門人掃十年過，丞相堂前足跡多。撫事不禁長太息，登山能賦又如何。北窗高臥羞陶傲，南國偏醒共屈歌。古往今來癡亦絕，餘生猶付墨消磨。

> 掃門人自不尋常，觀罷登台戲壓場。萬事豈由天作主，平生惟秉氣如霜。青燈伴影披芸簡，綺夢隨煙出桂堂。猶是憂深懷直筆，新詩吟就幾回腸。

詩後自注："'掃門人'原出《史記·齊世家》曹參故事，唐時劉夢得《酬淮南牛相公述舊見貽》有句云：'初見相如成賦日，尋為丞相掃門人。'"可見她並非要把章士釗比為"丞相"，不過是為自己的被迫掃地找個出典而已。

由章士釗，很自然地想到胡適和魯迅。蛻老與胡適相熟；與魯迅似無交往。我曾問及他對兩人的看法。他說："他們都有一批青年追隨者，不過追隨胡適需要讀書，追隨魯迅不需要讀書，所以追隨魯迅的人更多。"我又問他如何評價魯迅的文章。他說："魯迅的古文是寫得古雅的。"他指的是《漢文學史綱要》一類著作。有一次，他還詳細地向我談了光緒十九年（1893）魯迅的祖父周福清欲向考官買通關節的始末。1974年我購得一套《魯迅全集》，逐卷翻閱時，讀到一篇《略論暗暗的死》。文章先引用《宇宙風》上"鈇堂先生"的一段話，然後展開議論，而鈇堂（似應為"鈇庵"）正是蛻老的筆名之一。該文並未與鈇堂論辯，但兩人立足點、視角的不同是顯而易見的。魯迅的文章顯然更為犀利深刻，至於蛻老是否讀過，現已無從考證。

蛻老與周作人當然也有交往。周氏發表《日本之再認識》後，蛻老曾受"周先生慫恿"而作《讀〈日本之再認識〉》。

當魯迅任北洋政府教育部僉事之時，坐在他辦公桌對面的詩人喬大壯，與蛻老是譯學館時期的同學（喬主修法文），訂交甚早；同在北洋政府任職後，接觸更多。那時蛻老將長沙故宅藏書運來北京；由於書在兵燹中損失嚴重，他開始做修補整理的工作，並新起堂名曰"補書堂"，編寫了《補書堂書目》。喬氏對蛻老這一工作十分熟悉，贈他的詩中乃有"壺天一角補書堂，圖寫承平歲月長"等句。1948年喬氏自沉於蘇州梅竹橋下，3年後蛻老作五言排律《華陽喬君大壯歿三年矣，始為詩哀之》，對老友作了高度評價。不久前我在網上讀到一篇署名"蘭客"的文章，介紹喬大壯，稱喬氏為"詞、書、印三絕"，而稱蛻老為"詩、書、畫三絕"，提法頗新鮮，是否準確，則不妨見仁見智。

　　蛻老大學時代的友人，我所知道的有方孝岳、劉麟生、蔡正華。若干年後他們都成為知名教授，並在《中國文學八論》中分別撰寫了《中國駢文概論》（瞿）、《中國散文概論》（方）、《中國詩詞概論》（劉）、《中國文學批評》（方）和《中國文藝思潮》（蔡）。蛻老與劉、蔡又合作輯注了四卷本《古今名詩選》。此外，劉麟生為《中國文學批評》作跋，開頭就寫道："我同孝岳讀書的時候，一天瞿君兌之來說：'你們二人，都是桐城派的子孫。'"這是指二人為劉大櫆、方苞的後代。而由這種玩笑話，也可看出五四時期"桐城謬種，選學妖孽"等口號的影響。

　　蛻老在北京的朋友，遍及學術界、教育界、文學界、書畫界等方方面面，時間有先有後，交往或疏或密。以掌故學而論，過從較密的有徐一士、謝剛主、柯燕舲、孫念希、劉盼遂、孫海波諸人。他們的聚會，有時在蛻老家，有時在中山公園上林春茶室，有時在琉璃廠來薰閣書店，談話的內容上下千古，海闊天空。以書畫家而論，齊白石之外，陳衡恪、于非闇、陳半丁、黃賓虹等均所熟稔。蛻老曾撰《賓虹論畫》一文，對黃氏的創作與理論作非常精到的介紹與評析。而黃氏則曾欣然為蛻老的京宅作《後雙海棠閣圖》。

蛻老晚年生活在上海。居處雖窄，朋友依然甚多。僅在《春雨集》中參與唱和的就有李蔬畦、周紫宜、梅元鬯、林松峰、李太閒、王澹廎、陳兼於。由於受條件制約，那時的交往一般都在二三人左右，群體聚會的次數極少。只是在 1963 年蛻老 70 壽辰時，大約有 11 位朋友，各出 10 元，為他舉辦過一次壽宴。我父親參加了這次聚會。到場的我只聽說有新民晚報的唐大郎；其餘各位的姓名就不清楚了。

從 50 年代初到 1968 年，我父親與蛻老過從較密，一方面是因為住處離得很近，另方面是因為在文史掌故和詩詞領域有許多共同語言。父親青年時期任時報主筆，寫過數百篇時評（據說 1924 年列寧逝世時，全國只有時報發了一篇《悼列寧》，便出諸他的手筆），此外又曾以"春翠樓詩存"的專欄發表詩作；中年轉入證券界、實業界、金融界，當過交易所經紀人和紗廠、銀行的高級職員；晚年賦閒，又開始舞文弄墨，寫些詩詞和文史資料一類的東西。我經常聽他和蛻老聊天，發現兩人的偏好還是有所不同。父親對北洋時期的政治、軍事格外熟悉，對旅長甚至團長以上的人名都能背誦如流，自稱能寫《中國陸軍沿革》。有次他在上海的《文史資料選輯》上發表《齊盧戰爭的前因種種》，而北京的《文史資料選輯》上則登出了馬葆珩所寫《齊盧之戰紀略》。馬氏參加過齊盧戰爭，而父親當年不過是個記者，可是他立刻就從馬文中發現了諸多不符事實的硬傷，隨即寫篇短文寄往該刊。這篇《對〈齊盧之戰紀略〉的訂正》發表在 1964 年中華書局出版的《文史資料選輯》第 43 輯上。下面聊引幾句──

　　第一件馬君寫的"齊燮元，字撫萬，河北省獻縣人"。我曉得齊是河北省寧河縣人，不是獻縣人。第二件馬寫的"齊燮元的軍事力量，除了他直接統率的第六師外，還有朱熙的第十九師"。據我所知，朱熙號申甫，湖南漢壽縣人，他所帶軍隊的番號是江蘇陸軍第二師（江蘇地方軍隊），不是第十九師。當時的第十九師是禁衞軍改編的（馮國璋舊部），師長是楊春普，號宜齋……

　　記得蛻老看了這篇《訂正》後曾哈哈大笑，對父親說："你的記性真好！"而蛻老的談論往往更具文化意蘊。譬如有次談起"宣統"年號，他說這是張之洞起的，其涵義與"光緒"完全重複。蓋"光緒"指的是"道光的統緒"，"宣統"指的是"宣宗的統緒"，一個用年號，一個用廟號，等到要譯成蒙古文時，竟產生困難，因為蒙古文對年號和廟號不加區分。"可見張之洞之不學"，他笑著作了結論。

　　他的談論有時也帶有想像的成份。記得有一次，父親同他列舉了許多以"老小"、"大小"並提的人名，如"老徐"（徐世昌）"小徐"（徐樹錚）、"大段"（段祺瑞）"小段"（段芝貴）之類；忽然問道："那時並無老葉、大葉，可是遐庵（葉恭綽）卻稱'小葉'，你想是甚麼緣故？"蛻老沉思片刻，莞爾一笑，說："身材小。"

　　諸如此類的交談不勝枚舉，可惜我那時只顧旁聽，沒有想到做個筆錄，否則現在整理出版，會是一本富有特色的筆記。

"文革"

好像是對"文革"有所預感，蛻老在乙巳歲尾（1966年1月中旬）作了一些很傷感的詩。我記得有這樣的詩句："丙午重逢舞勺時，天留老壽益淒悲。"丙午、丁未為紅羊劫的年份；"舞勺"典出《禮·內則》，係13年之謂。整句詩的意思是，當我生逢第一個丙午（1906年）時剛剛13歲；現在遭逢第二個丙午（1966年），老天還讓我活著，只能更加淒悲。聯繫他後來的牢獄之災，這簡直就是詩讖。

1966年6月1日《人民日報》發表《橫掃一切牛鬼蛇神》社論後，"掃四舊"的風暴就從北京開始颳向全國，在"革命不是請客吃飯"的思想指導下，很快演變為抄家、遊街、批鬥。當時從我家所住安福路西段到蛻老所住武康路一帶，抄家最為厲害，因為這裡過去屬於法租界，花園洋房較多，理所當然地成為"橫掃"的重點。那時我每週六從復旦回家，總有一種不祥的預感，覺得掃帚不可避免地將掃到自家門前。預感不久就獲得了證實；而且在我們熟悉的生活圈子裡，沒有幾家能夠倖免。

蛻老這時變得相當緊張。有天來我家時，我發現他

忽然變了個人。原先白髮蕭蕭，一派儒者風度；這時卻剃
了平頂，唇髭也刮得乾乾淨淨，穿件汗衫，看上去同一般
退休老人沒有甚麼兩樣。那時紅衛兵還沒有光顧他家，但
他顯然已經聽說有剃"陰陽頭"之類的發明，所以預先作
了準備。我安慰他：你又沒有金銀財寶，書架上一套線裝
的《二十四史》還是向公家借來的，怕甚麼？隨他抄去！
過了一段日子，他來我家，臉上露出輕鬆的表情，對我父
親說："來過了。"然後向我們説了抄家經過。查抄者來
自中華書局上海編輯所。如同我猜測的那樣，他那間陋室
要不了一個小時就可翻個底朝天，卻沒有值錢的東西；牆
上原來掛過字畫，此時也早已換成偉大領袖的寶像和他恭
楷書寫的"聽毛主席話，跟共產黨走"。但後來對方還是
找到了"罪證"，是在他新購的《毛主席語錄》上。説到
這裡，蛻老一臉苦笑地從口袋裡摸出那本語錄，翻到扉
頁，只見上面用毛筆小楷寫著"瞿蛻園珍藏"。"他們説，
'《毛主席語錄》是讓你學習的，你卻要把它藏起來，是何
居心？'"

　　與不少人在"文革"初期有過迷信、有過狂熱不同，
我所接觸的老輩可能太熟悉歷史的緣故，是決無年輕人那
種熱情的。他們只是擔心受到衝擊，一旦危險過去，就依
然故我，回到了自己的精神家園。而我受到濡染，所思所

想與他們也差不多。在最初的風暴過去之後，我們都成為
逍遙派。對於老人來說，是因為沒有受到進一步揪鬥而僥
倖暫獲逍遙；對於我來說，是因為對運動由衷反感而能避
則避。

　　從 1966 年冬到 1968 年春，大約一年半的時間，蛻
老的生活是大致安定的。雖然中華書局上海編輯所停發了
他的月薪，但香港文匯報還是按月給他匯錢，衣食暫可無
虞。曾經受到一次意外的衝擊是來自附近的中學。一天，
幾個十來歲的紅衛兵跑到他房裡，亂翻一頓後，對他說：
"我們勒令你幫我們戰鬥隊寫一份造反宣言。""我不會
寫，我沒有這個水平。""你不老實。你寫了那麼多書，一
篇宣言有甚麼難寫。這是給你立功贖罪的機會。你寫了，
我們以後就不鬥你了。""我真的不會寫，我從來沒有寫
過這種文章。"紅衛兵於是把他反鎖進樓梯下面的三角形
儲藏間，關了幾個小時後才把門打開，又威脅說明天還要
再來。

　　第二天蛻老就來找我，問我該怎麼辦？我說這宣言是絕
對不能寫的，一旦傳出去，你就變成挑動小將鬥小將的黑後
台。現在只好躲和拖，年輕人性急，等他們自己寫出來，就
不會找你了。於是那天蛻老在我們家呆到很晚才回去。後來
小將們又來過一次，仍無結果，從此也就不再登門。

　　這段插曲過後，生活又恢復原樣。那時蜕老大概每隔半個月就會來我家一次，每次我都會去常熟路一家名"劉三河"的滷菜店買點素雞、油炸豆瓣之類的下酒菜，再打一斤黃酒回來，與他邊吃邊聊。吃到一半時，母親會端上她做的小菜，通常是兩條紅燒鯽魚。由於父親滴酒不沾，我也沒有酒量，所以那一斤黃酒基本上由蜕老一人喝完。天涼後，母親曾問他要不要燙酒？他說："不用，兌著喝就行。"邊說邊把熱茶倒在酒杯裡。有一次，忽給父親來封短信，略謂："年來屢勞賢梁孟治具，愧無以謝，某月某日當薄攜酒餚奉詣。"到了那天，他果然提了一個草編的小包前來，包中裝的並非酒餚，而是一個切片麵包。他把每片又從中一分為四，預先夾上切成碎丁的核桃、花生，灑上椒鹽，變成一種很特別的小三明治。看到老人所費的工夫，我們都很感動。

　　酒桌上的談話除掌故之外，自然增添了"文革"的話題；而蜕老本性難移，總會不自覺地回到自己的思維模式中去。一次，我說起前文提過的語文老師高飛，在"掃四舊"引發的改名浪潮中被迫將名字改為"高革非"，以示革除非無產階級思想的決心，不料仍然受到批判："你是想否定革命，說革命是'非'的。"蜕老聽後，說："其實他可以用'木'旁的'格'字，意思是一樣的。李清照的父親不是叫李格非麼？"又有一次，談到偉大導師忽然讓大家學習《觸讋説趙太后》一事。蛻老對事由不感興趣，卻説："報上登的那篇白話譯文很糟糕，不少地方都翻錯了。"有時，他也會即興發揮。一天，我正在讀《聊齋志異》，看見他來，便問他："為甚麼要叫'聊齋'？'聊'是甚麼意思？"他歎一口氣："唉，民不聊生，鬼不聊死。"

"文革"中蛻老不廢吟詠，詩中往往自歎老病衰朽而不涉及政治。1967年春，他作了一首"芳"字韻七律。我記得末句是："園花為我留經眼，不是春歸不肯芳。"這可能是他最後一次讚美園中的玉蘭，因為第二年夏天他就以"現反"罪身陷囹圄了。此詩出來後，父親、胡溫如、陳堯甫等都有和作。我也試和了一首。最後兩聯是："依然風穴群猴戲，倦矣雲天一鳥翔。讀史真慚根器鈍，迷離莫辨臭和芳。"幾位老人看了，都説雖非雅構，但把當時爭權奪利的頭頭腦腦比為"群猴"，而以陶淵明所云"倦鳥"自詡，又把現實中的香臭顛倒歸為"讀史"之惑，還算寫得不錯。我也自鳴得意地説："這是逍遙派的自我寫照。"但我心裡明白，在所有的和詩中，自己的根底是最淺的。

從春天作詩，到夏至寫信，這次唱和延續了數月之久。其間疊韻多次，可惜所有的詩稿都未能保存。陳堯老

那首，我也只依稀記得第三聯有"鵷雛翔"三字，用的是
《莊子》的典故。

永訣

　　我是1966年畢業生，留校"鬧革命"一年後，於
1967年夏末開始有了工資。領到月薪的第一個月，我在南
京東路新雅飯店（當時已改用一個"革命"的店名）宴請
父母和幾位長輩，蛻老也來了，大家都很高興。餐桌上，
他說要集黃庭堅的詩句，書贈我一副對聯；但這件事後來
沒有兌現，可能是他忘了。

　　秋天，對畢業生進行分配，我被分往甘肅省電台。蛻
老知道我要遠行，十分不捨。有天我去他家，他把自己常
用的一方硯台贈給我，說："我有好幾個硯台，有的帶蓋
子，但並不名貴；這個蓋子掉了，但它是有名氣的，在吳
子苾的《雙魚壺齋硯譜》上有記載。"他怕我記不住，又
取過紙筆，寫下"吳子苾《雙魚壺齋硯譜》"幾個字。這
的確是方好硯台，雖缺硯蓋而紅木底座尚在，硯石上鑴有
遜甫的隸書銘文："其質則端，其形則覆。寧毀方以為合
兮，惟端友之是就。"另刻有"澄心齋珍藏"五個楷書小
字。這方硯台我一直珍藏至今。

又過了些時候，他來我家，遞給我兩頁印有"超覽樓稿"字樣的紅格紙。我打開一看，是四首七律，題為《送汝捷仁弟度隴》。他說："這是昨天作的，我還想改幾個字。"兩天後，他寄來了修改稿，標題改為《汝捷仁弟將度隴，賦此贈行》，這次是寫在他 40 年代仿製的雲藍箋上。句為——

陇首雲飛渺渺思，為君珍重語臨歧。男兒所向無空闊，老去難禁是別離。退鷁猶慚一日長，神駒何待九方知。從今斗室魂消處，添得尊前憶遠詩。

黃河一曲帶邊牆，雲水參差驛樹蒼。今日徵車行枕席，古來戰壘盡耕桑。名園士女春如繡，樂府歌詞句有香。朝暮皋蘭山入望，等閒歸夢落江鄉。

陇坂逶迤肯憚勞，涼州正好醉蒲陶。河山兩戒西來壯，星斗中天北望高。客訊時時憑過翼，詩材處處待抽毫。還應餐寢勤將護，休遣微霜點鬢毛。

征衣料得稱身裁，暫脫萊衣試著來。負米非誇

鐘鼎養，藝蘭今出棟樑材。即看鴛侶成雙到，此是
鵬程第一回。春色染將亭畔柳，江城歌送笛中梅。

　　我一再吟誦，深為蛻老的真情所動。那時我已懂得唱
和中的體裁變化，於是次韻寫成五律四首。其中第三首的
"豪"字，係據蛻老初稿而來，蓋古時"豪"、"毫"可以
相通。至於"蒲陶"二字出於《漢書》，是很早就聽蛻老
說過的。和詩如下——

　　學海茫無際，伊誰啟路歧？風塵今去去，原草
昔離離。聚散渾如夢，浮沉未易知。悄然思往事，
別緒入新詩。

　　想像陽關道，山河萬樹蒼。簫聲淒灞柳，絲緒
戀湖桑。依舊秦時月，曾經漢史香。黃沙迷漫處，
客思動他鄉。

　　鷓鴣聲裡去，無興醉蒲陶。隴上羊歸晚，河西
雁陣高。古今看代謝，勳業幾人豪？壯士輕離別，
良禽惜羽毛。

征衣未及裁，寒意逼人來。絕塞憐芳草，明時歎棄材。情催春樹發，夢逐暮雲回。料得花朝近，隴頭應見梅。

我把詩稿呈給蛻老後，他又作了四首五律。也同上次一樣，先擬一份初稿，寫在一種榮寶齋製作的“曉風殘月”花箋上，定稿後再用雲藍箋錄寫一遍。詩題是《汝捷仁弟用余贈詩元韻作五言四首見示，疊韻和之》。句為——

東坡初捧檄，所歷在邠歧。此去更悠遠，何論古別離。雁程容易計，魚樂自應知。未出陽關道，休吟折柳詩。

殘雪覆莓牆，通簾樹色蒼。依微風動竹，荏苒日移桑。君聽伊州曲，應懷越酒香。人生萍與水，何處是他鄉。

生事今年杜，歸來異日陶。情添潭水滿，夢逐隴雲高。棄置儒冠陋，飛騰劍器豪。謝家池館在，閒卻鳳凰毛。

　　　　多師慎別裁，佇爾出群來。莫以新張錦，徒供
舊爨材。天池終一到，西極豈空回。桃李年芳始，
嗟余澗底梅。

　　詩後寫的是"彊梧協洽嘉平月微雪乍霽"。按照《爾
雅·釋天》的解釋，"彊梧（強圉）協洽"即指丁未年。嘉
平月則為臘月的代稱，對照陽曆，約相當於 1968 年 1 月。
這是蜕老常用的寫法，如同他把"葡萄"寫成"蒲陶"一
樣，無非追求古雅而已。

　　5 月初，終於到了動身的時候。行前我去向蜕老告
別，他談起第三首和詩，問我記不記得初稿的後兩聯？我
馬上背出來："似爾儒冠舊，無妨劍器豪。微憐詞賦手，閒
卻鳳凰毛。"他說："我的確為你的學業閒置感到可惜，但
我想國家不會永遠這樣的，所以我把消極的話都改得積極
了。"臨別時他送出門來，我走到弄堂口回頭，看見他還
站在台階上向我揮手。

　　抵達蘭州後，才發現電台派仗方酣。我在那裡住了
一個月，竟無人來管報到之事。這時從留滬同學來信中，
獲知武漢尚有空置的中學名額，於是回到上海要求重新分
配，就這樣把我的後半生同白雲黃鶴連在了一起。這次在
滬時間不長，又要處理很多雜事，便沒有去看蜕老；準備

到武漢安頓下來後再寫信向他詳述一切。聽父親說，蛻老已有好幾個星期未來我家，估計是天熱不願出門。

前來武漢教育系統報到的學生，並未立即分配，而是先集中住在第 19 女中學習。我隨即寫信回家告知情況。一星期後，接到父親一封厚厚的來信，拆開一看，不由大吃一驚。原來裡面並沒有信，而是裝的一份叫作"版司"的鉛印小報，頭版以嚇人的通欄標題點了蛻老的名，內文主要敘述"揪出現行反革命分子瞿蛻園"的過程。據說是他的一名學生交代了他的"惡攻"言論。而讓他"認罪"的辦法是，給他看一張紙，像劇本一樣，左邊寫著"某某某（學生名）說"、"瞿蛻園說"，右邊是"說"的內容，卻用另一張紙遮蔽了，讓你自己交代。蛻老一看，認得那是學生的筆跡，頓時失態，說："我完了。"

關於蛻老被捕以後的遭遇，我一直無從了解；直到 80 年代中期，才從鄭逸梅的回憶文章中，知道他被冤判 10 年，已於 1973 年瘐死獄中，"四人幫"垮台，方始獲得平反。

現在那場浩劫已結束 40 年，蛻老的新舊著述已陸續出版多種，各種評價也正通過不同方式表述出來，其中金性堯、周劭等老先生的見解尤為引人注目。金氏讚歎了蛻老對秦漢至明清歷代官制的精通，認為他"確實身懷絕技"；又通過對已獲全國古籍圖書一等獎的《劉禹錫集箋證》的

分析，肯定了他兼具的功力、識力、才力。(《伸腳錄》)
而周氏更認為在上世紀"二十年代到七十年代的半個世紀
中，中國學術界自王海寧、梁新會之後，夠稱得上'大師'
的，陳（寅恪）瞿（兌之）兩先生可謂當之無愧。但陳先
生'史學大師'的稱號久已著稱，瞿先生則尚未有人這樣
稱呼過，其實兩位是一時瑜亮、銖兩悉稱的。"(《閒話皇
帝》)我因為至今尚未通讀蛻老的全部著作，讀過的也未
能完全讀懂，所以在整體評價上不敢贊一言。我倒是希望
他的舊著包括尚未結集的詩文能夠全部出版。如果將來某
家出版社具此眼光，那麼我樂於在資料的搜集和編輯方面
盡綿薄之力。

　　最後，我想以小詩一首結束本文，用的是龔自珍《己
亥雜詩》("河汾房杜有人疑")原韻——

　　　　聞韶忘味復奚疑，高嶺頻瞻益自卑。尺幅寒梅
　　香透骨，花朝長憶蛻園師。

2003 年深秋初稿

2016 年初夏修訂

瞿蛻園

1894－1973，原名宣穎，字兌之，晚號蛻園，湖南長沙人。現代史學家、文學家、書畫家。他出身望族。早年師從晚清大儒王闓運等，曾在南開大學、燕京大學、輔仁大學等校執教。抗日戰爭期間，滯留北京。1949 年後，寓居上海，以著述為業。曾被聘為中華書局上海編譯所特約編輯。他博學多才，涉獵廣泛，著述宏富。主要著作有《方志考稿》、《歷代官制概述》、《養和室隨筆》、《銖庵文存》、《秦漢史纂》、《中國駢文概論》、《漢魏六朝賦選》、《劉禹錫集箋證》等。

周紫宜

1908－2000，名鍊霞，字紫宜，別號螺川，江西吉安人。現代著名畫家和詩人。早年先後師從晚清四大詞人之一的朱孝臧和徐悲鴻的岳父蔣梅笙等學習書畫詩詞。她才貌雙全，高雅風致，人稱"金閨國士"，是二十世紀三十年代上海文壇、藝壇最活躍的才女之一。著名作家董橋稱其為"再世易安"。晚年移居美國。

責任編輯		正　圓
書籍設計		彭若東
責任校對		江蓉甬
排　版		許靜鈿
印　務		馮政光

書　　名	文言淺說
叢 書 名	文史中國
作　　者	瞿蛻園　周紫宜
出　　版	香港中和出版有限公司 Hong Kong Open Page Publishing Co., Ltd. 香港北角英皇道 499 號北角工業大廈 18 樓 http://www.hkopenpage.com http://www.facebook.com/hkopenpage http://weibo.com/hkopenpage Email: info@hkopenpage.com
香港發行	香港聯合書刊物流有限公司 香港新界大埔汀麗路 36 號 3 字樓
印　　刷	中華商務彩色印刷有限公司 香港新界大埔汀麗路 36 號中華商務印刷大廈
版　　次	2020 年 5 月香港第 1 版第 2 次印刷
規　　格	32 開（128mm×188mm）216 面
國際書號	ISBN 978-988-8466-00-9

本書由當代中國出版社授權本公司在中國內地以外地區出版發行。